SAUF QUE C'ÉTAIENT DES ENFANTS

Née en 1985, Gabrielle Tuloup est professeure agrégée de lettres. Depuis plusieurs années, elle collabore au journal *Le 1*. Son premier roman, *La Nuit introuvable*, a obtenu en 2018 le Prix du premier roman du festival de Chambéry.

GABRIELLE TULOUP

Sauf que c'étaient des enfants

ROMAN

PHILIPPE REY

L'auteure remercie le Centre national du livre
pour son soutien.

ISBN : 978-2-253-24215-4 – 1re publication LGF

Pour ma petite Maman,
«sainte sentinelle et gardienne» de ses enfants

« J'attendais d'être reine. Je ne sais plus que mendier. Je voulais vivre de bel amour. Je meurs de sale blessure. Et pourtant je suis là : indemne.
Je souffre de ma vie intacte dedans ma vie ruinée. »

Christian BOBIN, « La vie souterraine »,
in *Une petite robe de fête*, 1991.

I

SAUF QUE C'ÉTAIENT DES ENFANTS

Au revoir les enfants

Mardi 27 janvier 2015

Le réel ne prend pas de gants. Il ne frappe pas à la porte du bureau de Ludovic Lusnel. C'est la sonnerie du téléphone qui s'en charge. Le principal a l'habitude de travailler avec la police. Mais pas comme ça.

Son établissement présente bien. La façade de briques ordonnées, en vis-à-vis des cités, exhibe fièrement les principes républicains. Lusnel a enseigné dix ans dans le 93 avant de prendre de nouvelles responsabilités. Il était professeur d'histoire, il connaît la nécessité des devises, leur limite. Homme sensible, mais factuel, il a rangé son violoncelle et acheté des cravates de couleur. Voilà quatre ans qu'il est principal au collège André-Breton de Stains. Les manuels lui ont appris la Terreur et les révolutions, alors il fait en sorte que la vie soit organisée, maîtrisable. Il s'en ira sûrement à la fin de l'année, il a demandé sa mutation. Ce sera plus reposant.

Lusnel dit souvent que c'est son collège, son équipe, ses élèves. Ce n'est pas juste. Rien ne lui appartient, bien sûr, mais parfois tout lui incombe. Parfois le réel débarque, sans préavis, deux sonneries de téléphone :

« Allô ?

— Capitaine Marnin, brigade de protection de la famille. »

On l'informe de la visite d'une jeune fille d'un établissement voisin. Elle vient reconnaître des coupables, il doit préparer les trombinoscopes des classes. Il demande quels sont les faits. On lui répond « agression sexuelle ». Il ne réalise pas tout de suite. Il range la paperasse accumulée à côté de l'ordinateur, dit à la secrétaire de réunir les brochures contenant les photos des enfants par niveau, de la sixième à la troisième, et fixe son esprit le plus longtemps possible sur l'organisation du planning du début d'année, les prochains conseils de classe, le brevet blanc…

Fatima arrive accompagnée de deux policiers. Très calme. Elle a porté plainte quatre jours plus tôt. Une adolescente comme les autres, avec des baskets et un sweat comme les autres, pas l'air plus victime que les autres. Elle tourne les pages en passant un à un les visages alignés. « Lui oui », « lui non ». C'est froid, implacable. Lusnel pense que c'est terrible, cette utilisation des trombis. Un livret de bouilles d'enfants, tantôt souriants, tantôt boudeurs, le regard vif ou défiant, chemise à col boutonné ou survêtement, transformé en outil de reconnaissance de supposés criminels.

Elle en est à sept. Sept élèves. Là, il réalise. La jeune fille assise devant lui dit avoir été abusée par sept élèves de son établissement. Quand elle se saisit du dossier des cinquième, il considère la capitaine avec incrédulité. Elle ferme les paupières un peu plus longuement pour lui signifier de laisser faire. Ce n'est pas fini. Fatima reconnaît formellement huit garçons du collège André-Breton pour viol en réunion, dont un élève de cinquième.

« Merci, Fatima, est-ce qu'il y a quelque chose que tu voudrais ajouter ? »

Non de la tête.

« Mon collègue va te raccompagner chez toi, je dois discuter avec M. Lusnel. »

La jeune fille se lève, impassible, comme lors du trajet aller. Marnin avait elle-même appelé pour convenir du rendez-vous la veille. Elle était passée prendre Fatima au pied de son immeuble à 13 h 30. La silhouette lui avait semblé toute petite sous la hauteur écrasante de la tour. Elle avait arrêté la Clio à son niveau et s'était penchée pour lui ouvrir la porte, à l'avant, à côté d'elle.

« Ça va ?

— Ça va. »

Marnin a l'habitude, elle a appris à cloisonner, pourtant elle n'avait pu s'empêcher de se mettre à la place de la jeune fille. Elle s'imaginait entrer dans le collège, prendre le risque de croiser ses bourreaux au détour d'un couloir, reconnaître un éclat de voix, un rire peut-être. Elle avait voulu la rassurer.

« On va directement dans le bureau du principal. Tu ne verras personne. »

Fatima n'avait pas paru inquiète. Elle mâchait bruyamment son chewing-gum et pianotait sur son nouveau téléphone, l'ancien ayant été confisqué pour les besoins de l'enquête. On ne peut jamais savoir ce qui se passe sous les mèches de cheveux lissés, derrière les cils courbés au mascara noir, passé et repassé plusieurs fois pour plus d'effet, comme dans les publicités. Et si elle pleurait ? s'était demandé la capitaine. Mais Fatima n'avait pas pleuré. Elle avait quitté la pièce sans se retourner.

Marnin doit maintenant expliquer à Lusnel la suite des événements. Elle lui laisse le temps de reprendre sa respiration et de réajuster le nœud de sa cravate.

« Les faits n'ont pas eu lieu au collège, mais dans la cité d'en face. »

Lusnel est soulagé. Évidemment. Comme s'il valait mieux que cela arrive dans les escaliers d'une tour plutôt que dans les toilettes de son école, nettoyées deux fois par jour.

« On a de la chance qu'elle ait porté plainte. C'est rare dans ce genre de cas. Les filles subissent des intimidations si violentes qu'elles se taisent.

— Mais, interrompt Lusnel, on est sûr de ce qu'elle avance ? »

Il s'en veut à l'instant même d'avoir posé la question. Marnin poursuit sans relever :

« C'est grâce à la mère. C'est elle qui a poussé Fatima à faire une déposition. Elle a repéré les griffures et les bleus quand sa fille est rentrée.

— Et les élèves qu'elle a identifiés, ils sont tous coupables ?

— On le saura bientôt. Comme les faits sont récents, on va pouvoir lancer les analyses d'ADN. Ça simplifie beaucoup les choses pour la suite. »

Elle marque un temps puis ajoute, comme pour elle-même : « Cette femme, la mère, elle est bien courageuse. Il va falloir les protéger toutes les deux maintenant. »

Le principal approuve. Il connaît les mécanismes d'intimidation des bandes entre elles, la capitaine ne lui apprend rien.

« Je vous donne toutes les informations parce que, si menaces il y a, elles proviendront vraisemblablement de chez vous. » Marnin a insisté sur les derniers mots. Le principal réprouve cette assimilation de sa personne à son établissement, mais il s'abstient de tout commentaire.

« Soyez vigilant et faites-nous remonter les informations, si vous entendez des bruits de couloir ou autres. Vous m'indiquerez aussi le bureau de votre CPE, il faut que je la rencontre. Nous aurons besoin d'elle. »

Elle lui parle de l'organisation concrète des opérations, de « coup de filet », d'interpellation simultanée, bref : d'organisation. C'est son rayon. Marnin lui offre l'asile de l'action, il s'y réfugie aussitôt.

On ne se rend pas compte tant que l'affaire reste à la télévision ou dans les journaux. C'est toujours ailleurs, plus loin, on n'y peut rien et c'est comme ça. Cette fois c'est différent, les coupables viennent de « chez lui », comme il se l'est aimablement vu rappeler. Les doigts de Fatima, sans trembler, se sont posés sur des visages qu'il croise tous les jours, dont il a la responsabilité. Ces portraits figés, sous lesquels ne manque plus qu'un numéro de matricule, ne disent rien des grimaces et tics de langage, des centimètres pris pendant l'été, des voix qui ont mué. Il a noté, un à un, les noms des élèves désignés, en même temps que le policier, dans le cahier qui lui sert de journal de bord. La liste dressée le long de la marge laisse un vide angoissant sur tout le reste de la page. L'impuissance le mortifie. La voix ferme de la capitaine le rappelle à l'ordre.

« Il est important pour nous d'arrêter tous les suspects en même temps. »

Le principal comprend tout de suite : les policiers ne vont pas agir dehors, ils viendront les prendre dans les classes. L'idée lui est insupportable.

Des images remontent de loin. Ludovic était en troisième quand le film *Au revoir les enfants* de Louis Malle est sorti. Il habitait le village d'Avon, là où les faits avaient eu lieu. Son professeur d'histoire leur avait raconté le courage de ce prêtre qui avait caché des adolescents juifs dans son collège durant la guerre. Elle avait demandé aux élèves de se mettre en quête de personnes ayant rencontré le résistant. Il interrogea les voisins, recueillit des témoignages. Au mois de décembre, enfin, la classe alla voir le film au cinéma. Ludovic avait beau connaître l'issue, il espérait quand même. Il est devenu professeur à son tour. On ne choisit pas d'être éducateur si on n'espère par réécrire la fin. Pourtant, dans la salle obscure, ses doigts s'étaient crispés au bout des accoudoirs : les officiers étaient entrés dans l'établissement. Ils avaient fait sortir les élèves, les avaient alignés dos au mur. Ils les avaient arrachés. À leurs amis, à la vie. Jamais il ne s'est remis de ces images. L'école devait être un abri, un asile.

La capitaine en face de lui insiste, ils doivent fixer le jour où la brigade pourrait intervenir. Ça n'a rien à voir, bien sûr, sauf que c'est son collège et que ce sont des enfants. Alors il la supplie « qu'on ne les prenne pas dans les classes, s'il vous plaît.

— Impossible. »

Il faut éviter la destruction de preuves. Tout peut se révéler utile, des messages ont pu être échangés… Les arcanes sordides du crime lui sont distillés par petites touches odieuses. L'air de rien. Pour eux c'est le quotidien. Mais la mention de possibles vidéos filmées avec les téléphones l'achève. Il pense à Pauline, sa fille. Alors il prend son calendrier et convient avec la capitaine que l'intervention aura lieu une semaine plus tard, le lundi 2 février.

En sourdine

Lundi 2 février 2015

« Y en a qui vont passer un mauvais quart d'heure, mon pote. Qu'est-ce qu'ils ont encore foutu, ceux-là ? C'est pas souvent que le chef se dérange en personne !

— Ouais, la crème de la crème ! » moque Amine en détaillant la liste que Lusnel vient de lui tendre.

Deux ou trois noms, tout de même, surprennent le surveillant.

Adèle les croise dans l'escalier qui mène aux salles de français et d'histoire, elle finit tout juste le relevé des billets d'appel. Elle non plus n'a pas idée de l'armada de policiers qui attend les gamins, en bas. Deux par tête.

À 8 h 30, au téléphone, un officier s'est assuré que les élèves concernés étaient bien dans l'établissement. Lusnel n'a pas fermé l'œil de la nuit. Il aurait préféré que ce soit la capitaine qui appelle, trouver dans sa voix le réconfort du familier.

« Oui. Ils sont tous en cours.

— On arrivera à 10 h 30, après la récréation. Vous pouvez me redonner le code de la porte ? »

Des salles de classe, on ne peut voir le parking, à l'arrière du collège. Les seize agents en civil et la capitaine ont effectué silencieusement le trajet repéré la semaine précédente. Marnin a toqué à la porte de Lusnel. Une poignée de main énergique.

« Tout est OK pour vous ? »

Lusnel s'est contenté d'acquiescer.

« Nous n'allons pas intervenir directement dans les classes. Il faut envoyer des surveillants les chercher. »

Le principal a obtempéré, recopiant la liste des noms sur une feuille volante qu'il est allé porter à l'équipe de vie scolaire.

Adèle, Amadou et Bilal ont un statut un peu particulier. Les gamins les tutoient. Si les enseignants et la direction représentent l'autorité à l'intérieur du collège, les surveillants, eux, font le pont entre le dehors et le dedans. Ils ont tous grandi dans le coin. C'est d'ailleurs pour ça qu'on craint de les décevoir, qu'on les respecte : ils savent. Ils connaissent dans les moindres détails le fonctionnement de la cité, sont au courant de toutes les histoires. On ne peut pas la leur faire à l'envers, ils ont cet avantage sur les autres adultes du collège. Quand ils élèvent le ton, ça file droit. On ne se demande jamais de quel côté ils sont. Ils sont du côté du calme, des choses qui roulent.

Il y a des enseignants qui passent devant eux pendant des années sans même retenir leur prénom. Et puis il y a ceux qui ont compris qu'ils sont la cheville ouvrière de tout ce petit monde. Emma Servin en fait partie. Elle sait que, lorsqu'on a une inquiétude au sujet d'un élève, avant d'alerter l'assistante sociale ou l'infirmière, ça vaut le coup de prendre d'abord des nouvelles au bureau de la vie scolaire. « C'est rien, une peine de cœur », ou : « C'est le père qu'a envoyé son frère au pays parce qu'il s'était fait serrer par les condés. »

Emma aime bien Amine, ils se font la bise tous les jours. Elle lui donne depuis la rentrée quelques cours de français sur ses heures libres pour l'aider à préparer son concours de professeur des écoles. Elle est persuadée qu'il fera un excellent instituteur. Il pourra s'appuyer sur son sérieux et sa bienveillance. Aussi, quand il pénètre dans sa classe, l'interrompant en pleine démonstration sur l'accord du participe passé, elle l'accueille d'un grand sourire.

« Salut. Excuse-moi. » Regard circulaire sur les petites têtes alignées face au tableau. « Je suis là pour Nadir et Damien. Allez, vous prenez vos sacs et vos carnets. »

Rien de très original, les autres ne relèvent pas. Quand on vient chercher un élève seul, c'est souvent pour l'assistante sociale. À deux, ça sent le remontage de bretelles chez la CPE. Ils ont dû encore faire des conneries. Youssef rigole sous cape, tente un commentaire. Il est vite recalé par le surveillant. Et puis c'est tout. Emma reprend là où elle en était, elle ne remarque pas les allées et venues successives dans le couloir.

Personne ne sait. On a demandé à Lusnel de rester discret, il n'en a même pas parlé à Isabelle qui s'étonnait de son air tendu au café du matin. Le strict minimum à l'adjoint, rien à la secrétaire de direction. Un ballet en sourdine se joue dans son établissement. Les mouvements sont millimétrés. Tout se passe sans heurt, c'est bien huilé et sans répétition. Le collège fourmille silencieusement. Il est malgré lui le cœur d'une toile qui se resserre. Il le sent. Il déteste ça.

Collège André-Breton

Bulletin du 1er trimestre
Année scolaire 2014/2015

UREK Damien
Né le 16/06/2000
3F (24 élèves)

Professeur principal : Mme Servin

Matières	Appréciations	Moyennes Élève	Moyennes Classe
ANGLAIS LV1 Mme Lesage	Résultats très insuffisants. Damien n'a pas conscience des enjeux de l'année de troisième. Il faut se ressaisir rapidement, se mettre au travail, arrêter les enfantillages et les bavardages.	3,60	10,04
ARTS PLASTIQUES Mme Poincet	Ton attitude me pose question : tu travailles peu en classe, bavardes beaucoup, provoques des conflits. En quoi ces choix vont-ils t'aider à évoluer ?	9	14,14
EPS M. Giordano	Ensemble correct. Mais une attitude qui frôle très souvent l'insolence.	12,10	13,03
ESPAGNOL LV2 Mme Gallegos	Résultats écrits et oraux excellents, vous êtes plein de ressources. Votre participation est pertinente.	16,62	14,24

FRANÇAIS Mme Servin	Damien fournit un travail beaucoup trop irrégulier. Il faut réagir pour ne pas gâcher vos capacités. J'attends de vous une attitude beaucoup plus constructive au prochain trimestre.	11,10	13,12
HISTOIRE-GÉO M. Qureshi	Un ensemble correct malgré un comportement trop souvent méprisant, tant à l'égard de tes professeurs que de tes camarades.	13,23	11,39
MATHÉMATIQUES Mme Alia Samaha	La moyenne n'est pas représentative car Damien a tout simplement refusé de faire l'évaluation de fin de chapitre.	14,12	10,86
MUSIQUE M. Mathias	Damien a du mal à garder son sérieux mais il a fait des efforts au cours du trimestre. Il peut faire une bonne année s'il maintient le cap.	11,87	12,11
PARCOURS AVENIR Mme Servin	Damien a presque systématiquement séché les heures de parcours avenir. Il va pourtant falloir sérieusement se mettre à réfléchir pour l'année prochaine s'il veut envisager sereinement son orientation.	Non noté	Non noté

PHYSIQUE-CHIMIE M. Lécuyer	Excellent trimestre. Damien a fait preuve d'une grande motivation. La participation orale est très active et fait de lui un élément moteur. Je te félicite et ne peux que t'encourager à poursuivre en tâchant de canaliser ton énergie.	18,93	13,95
SVT Mme Wexler	Bavardages en classe et manque de sérieux pour le travail.	8,60	10,95
TECHNOLOGIE M. Khouri	Ensemble juste correct.	10,30	12,40

Appréciation globale : Début d'année très contrasté. D'un côté la plupart de vos professeurs soulignent vos capacités, de l'autre on note une attitude désinvolte, puérile et parfois insolente. Les quelques efforts ponctuellement remarqués ne suffisent pas. Ne choisissez pas vos matières. Choisissez de gagner en maturité et de réussir votre année.

Absences : 23 demi-journées dont 17 non justifiées – 3 retards non justifiés.

Avertissement : Conduite.

Entravés

Lundi 2 février 2015

Alors ça a commencé. C'est allé vite. Ils ont passé les portes redoutées un par un et, chaque fois, c'était la même mécanique, les mêmes paroles répétées, dans l'ordre. L'identité, « tu sais pourquoi t'es là ? », la lecture des droits, « tu sais ce qu'est un viol ? ».

Quand ils pénètrent dans le bureau, les élèves sont d'abord surpris de voir autant de monde. Ils ne sont pas à l'aise, mais n'ont aucune réaction. Ils se regardent. Lusnel se dit que ces enfants ne savent pas qu'ils sont coupables. Il repense à Fatima. Elle savait à peine qu'elle était victime, ces garçons ne comprennent pas qu'ils sont bourreaux.

Moussa, son petit de cinquième, arrive. Il est encore pataud. Sa veste, enfilée en vitesse, n'est pas complètement remontée sur les épaules. Il pose son gros cartable à ses pieds. L'agent lui explique qu'il est placé en garde à vue. « Tu sais ce que ça veut dire ? » Son visage tout rond prend un air contrarié.

« Je ne vais pas voir ma maman ce soir ? »

Alors Lusnel, quelques secondes, n'y arrive pas. Les larmes lui montent aux yeux. Il regarde par la fenêtre. Il ne supporte pas l'air perdu de Moussa. Son enfance se termine aujourd'hui, plus rien ne sera comme avant.

C'est déjà fini. Ils sont emmenés en file indienne jusqu'au parking. Le principal ferme la marche. Tout est très silencieux. Dehors et dedans. À moins que ce ne soit lui qui n'entende plus le brouhaha habituel des salles de classe. Il avait demandé avant le début des opérations :

« Est-ce qu'on peut au moins éviter les menottes ?

— S'ils restent calmes, il n'y a pas de raison de les entraver. »

La capitaine tient sa promesse. Ce n'est que dans les voitures qu'on noue leurs poignets, et leurs vies, sous le froid du fer. Entravés, se répète Lusnel. Quel échec.

La journée doit continuer. Il est lui-même contraint dans chacun de ses mouvements. Il fait comme si. Au moins, jusque-là, tout était préparé. Mais le chef d'établissement n'a pas prévu la suite. Il n'a pas prévu qu'un parent, tout juste prévenu par le commissariat, débarque paniqué dans son bureau pour réclamer des informations qu'il n'a pas le droit de révéler. Il tient bon. Pas prévu qu'en fin de journée Mme Debord, la CPE, vienne lui dire qu'il faut arrêter la machine à rumeurs. Les bruits les plus fous circulaient. Les élèves s'en donnaient à cœur joie. Visiblement pas mal de choses se savaient déjà. Il ne manquait plus que ça… Il rassemble ses idées. Il pense aux enseignants. Il est 21 heures quand il rédige à la hâte un mail pour l'ensemble de l'équipe. Il s'en tient aux faits. Huit élèves ont été interpellés ce jour dans l'enceinte du collège.

Il ne précise rien. Cordialement. Mais ce n'est pas ce qu'on attend de lui qu'il soit cordial, et il le sait bien. On veut qu'il soit rassurant, qu'il dise les choses, pour de bon et, tant qu'on y est, qu'il les arrange. Et il ne peut rien faire.

Il n'arrive pas à traverser le collège pour rentrer chez lui, dans son appartement de l'autre côté du parking. Il a accepté le logement de fonction. C'est parfois pesant mais au moins il ne perd pas de temps dans les transports. Jamais les élèves ne l'ont croisé en ville, ni à la boulangerie, ni au supermarché. C'est pour eux un mystère. Lusnel fait ses courses dans la commune voisine, il n'expose pas sa vie. Chacun chez soi. Ce soir il n'y a plus de ligne franche, plus de frontière rassurante. Il a glissé dans un tiroir la chemise en carton dans laquelle il a commencé à regrouper les éléments de l'affaire. Illusion de la serrure et du tour de clé.

Il doit refaire l'itinéraire du matin. C'est si difficile de rentrer chez soi quand on a les mains qui tremblent. Pauline et Lucas dorment déjà. Il avait pourtant tellement envie de les serrer dans ses bras. Mais les enfants n'auraient pas compris, se seraient peut-être inquiétés du comportement étrange de leur père. Un baiser tendre sur la tempe, c'est comme ça qu'il leur souhaite bonne nuit, il ne sait pas faire autrement. On ne lui a pas montré. Avec Lucas c'est plus facile, ils jouent ensemble le week-end. Mais Pauline est une adolescente secrète. Elle remplit des carnets de notes ou de dessins, s'assoit à son piano. Sa fille lui ressemble. À sa naissance, il a tremblé de tenir contre lui ce corps de petit oiseau tout chaud. Il se levait volontiers la nuit, faisait front contre les maux de ventre, les dents qui percent, il lui parlait tout bas. Il lui racontait que plus tard tout irait toujours bien et qu'elle serait une femme belle et forte comme sa maman. Pauline l'a écouté : elle a grandi. Elle met aujourd'hui des jeans noirs un peu larges et peint ses ongles en bleu. Quand elle a demandé la permission de se maquiller, il s'est défaussé sur sa compagne. Pauline allait avoir quinze ans. Elle irait au lycée l'année suivante. Quinze ans, le même âge que Fatima. Cette pensée terrifiante l'avait assailli plusieurs fois dans la journée. Lusnel ne souhaitait qu'une chose : aller embrasser sa petite fille dans son lit, sa toute petite fille encore.

Inconnu(s)

Mardi 3 février 2015

Emma Servin ne comprend pas sur le moment parce que c'est inimaginable. Quelque chose échappe aux schémas de pensée convenus. Quelque chose vrille, tord le raisonnement. Ce n'est plus le cerveau qui reçoit l'information. C'est le ventre.

Elle vient de rater le passage du principal en salle des profs. Yanis, comme souvent, lui a mangé un bout de sa récréation pour lui demander de vérifier un exercice à faire pour le lendemain. Il va plus vite que les autres, il a pris de l'avance, il a toujours bon et Emma n'a pas le cœur de lui refuser les félicitations qu'il espère. Alors elle corrige le cahier, tout en grignotant un petit quelque chose pour tenir jusqu'à midi, marque un « vu » dans la marge au stylo rouge – la couleur est primordiale, au bleu ça ne compte pas. Il ne lui reste que cinq minutes pour retrouver ses collègues avant le cours suivant. C'est eux qui lui annoncent : le nombre de suspects est encore imprécis, mais il y a eu un viol sur une gamine de la cité d'en face. Pour l'instant on ne dit rien aux élèves, Lusnel a demandé qu'on attende d'avoir des informations fermes. Les visages sont ravagés.

Elle est au milieu de cette pièce aux canapés gris, aux casiers froidement alignés dont quelques portes sont décorées d'autocollants syndicaux ou de drapeaux bretons militants. Autour, les enseignants sont tous arrêtés dans leurs gestes. Seule la photocopieuse continue à cracher en A4 le document envoyé deux minutes plus tôt. Elle a la nausée. Emma a juste le temps d'atteindre les toilettes. Elle vomit. Ses mains tremblent, elle les cache dans ses poches. Pourvu que ses collègues ne s'en aperçoivent pas. Elle est vite rassurée. Tout le monde se regarde mais personne ne se voit.

Nadège pleure, assise sur le canapé, les genoux serrés. Les autres accusent le coup. Certains se demandent s'il y avait quelque chose qu'il aurait fallu faire avant, s'ils ont raté un truc. Ils endossent malgré eux une responsabilité quasi parentale.

Emma est à mille lieues de ça. Son corps, en un réflexe, vient de rejeter Nadir, Damien et leurs complices.

Et puis ça lui revient tout à coup. Elle se prend une deuxième claque. Peut-être plus violente encore que la première. Elle se repasse le film, tâche de remettre les éléments dans l'ordre. C'était il y a huit jours. Elle recompte, huit jours exactement, c'est ça. Ils en ont parlé devant elle et elle n'a rien compris. Comment a-t-elle pu passer à côté ?

Fiche de préparation année 2014-2015
3e F Emma Servin

Séquence 4 : Jusqu'où peut aller la trahison ?

Œuvre étudiée : *Inconnu à cette adresse* de Kressmann Taylor (lecture intégrale)

Quatrième de couverture : Max et Martin sont amis de longue date. En 1932, Martin décide de retourner vivre en Allemagne tandis que Max, Juif américain, demeure en Californie. Les deux amis s'écrivent. Mais au fil des lettres, le ton change. « Je crois que Hitler est bon pour le pays, mais je n'en suis pas sûr », confie bientôt Martin. Un sombre pressentiment s'empare de Max à mesure que les échanges s'espacent. L'Histoire aura-t-elle raison de leur amitié ? Et que va devenir Griselle, sa petite sœur comédienne, actuellement en tournée en Allemagne ?

Durée de la séquence : 3 semaines (10 séances + évaluation finale).

Objectifs de la séquence :
— Étudier une œuvre littéraire en rapport avec un événement historique majeur.
— Travailler sur la notion d'implicite (tant dans le discours que dans les silences).

La date est notée en vert, en haut à droite du tableau, lundi 26 janvier 2015.

En dessous, en rouge, séance 5.

« Alors, où en étions-nous ? Vous pouvez resituer rapidement le contexte avant qu'on aille plus loin ? »

Camélia, comme toujours, lève le doigt. Emma sourit, c'est reposant les enfants comme ça.

« Le problème, madame, c'est Griselle, la comédienne. On veut savoir ce qui va lui arriver. »

Camélia lisse d'un geste machinal une mèche de cheveux pendant qu'elle poursuit son explication.

« Elle est juive, elle est toute seule, il y a des soldats partout. Max, son frère, est aux US et il s'inquiète parce qu'il n'a plus aucune nouvelle d'elle depuis un moment.

— Exactement. Par qui espère-t-il en avoir ? »

Cette fois l'enseignante s'adresse à l'ensemble du groupe. C'est bon signe, au moins six doigts se sont levés. Au fond, Rayan fait de grands gestes pour être interrogé. Si Emma ne réagit pas rapidement, il risque de se déboîter l'épaule.

« Max a écrit à Martin, qui est sur place, de prendre soin de sa frangine. »

Rayan a l'œil qui brille, il fait exprès de placer le plus souvent possible des mots en argot, ou en verlan, c'est sa marque de fabrique. Emma laisse faire, ses camarades se chargent de le reprendre. C'est une façon comme une autre de réviser les niveaux de langue familier et courant.

« Continue, Rayan. Nous avons vu que Martin était maintenant rallié à la cause de Hitler, alors pourquoi rendrait-il service à une Juive ?

— Ben, c'est la sœur de son pote, quoi, c'est la mifa ! »

Rayan est plein de bonne volonté mais il n'est pas encore tout à fait au point avec les conséquences de l'embrigadement nazi… Il se fait bâcher par Inès qui lui remet les idées en place sans lever la main.

« Mais non, c'est pas ça, c'est parce que, avant, il sortait avec elle !

— C'est ça, reprend Emma, Griselle et Martin, quelques années plus tôt, ont eu une liaison. Max espère que Martin lui portera secours en souvenir du temps "où ils sortaient ensemble", comme tu dis, Inès. Le problème c'est que les semaines passent et Martin ne répond plus aux lettres de Max… Ouvrez vos livres à la page 65. On va enfin savoir si oui ou non Martin est un homme digne de confiance. »

Ça fait un peu bande-annonce, mais ça fonctionne. Les élèves ont posé leur stylo et écoutent. C'est toujours impressionnant de voir combien ces grands dadais de quatorze, quinze ans adorent qu'on leur lise des histoires. En général, le bouquin est ouvert entre leurs mains, mais c'est elle qu'ils regardent, exactement comme ils regardaient leur maître ou leur maîtresse en primaire. Emma commence la lecture : « Le 8 décembre 1933, Cher Max, Heil Hitler ! » Grognements désapprobateurs dans les rangs, le collègue d'histoire a bien fait son boulot. Emma constate que certains se balancent, mais refuse d'interrompre sa lecture. Les élèves sont avec elle. Elle continue. Elle prend une voix grave, ménage ses effets. Elle sait, elle, que le destin de la jeune femme est froidement scellé dès les premières lignes de la lettre : « Je regrette beaucoup d'avoir de mauvaises nouvelles à t'apprendre. Ta sœur est morte. Malheureusement pour elle, elle s'est montrée stupide. » Les plus expressifs ouvrent des yeux ronds de surprise mêlée de colère. Nadir manque même de basculer complètement sur sa chaise. La professeure poursuit : « Bien sûr, en tant que patriote, mon devoir m'apparaissait clairement. Elle avait montré sur scène son corps impur à de jeunes Allemands : je devais la retenir et la remettre sur-le-champ aux SA. » Emma s'efforce de garder le ton le plus neutre possible. Elle marque un temps de pause, regarde la classe.

« Madame, chuis choquée, c'est un vrai... » Shayma joue le jeu : elle cherche désespérément un synonyme qu'elle aura le droit de prononcer à voix haute, mais ne trouve pas.

« C'est un sale traître » – Emilio est venu au secours de sa voisine.

Emma renchérit : « Les mots sont importants, les adjectifs en particulier. Martin parle d'un corps impur, ce corps, pourtant, il en a bien profité. »

Au premier rang Youcef se retourne. Les fesses restent en place mais le buste fait une torsion vers la droite. Dans la diagonale, il y a Nadir. Elle l'aime bien ce gamin. Il est vif, il pétille. Ce n'est pas un ange, mais il s'arrête toujours au bon moment.

Youcef lance d'une voix déjà bien grave, bien timbrée : « Hein, Nadir, on en profite bien du corps impur... » Ils sont plusieurs à réagir. Elle ne sait plus combien exactement. Ça se fond dans des gloussements gras d'adolescents pubères, parce que – croit-elle – elle a évoqué l'acte amoureux entre Martin et Griselle. Rien de sale, ils étaient épris l'un de l'autre et donc amants. Pourquoi Nadir ? Fatiguée d'arrêter le cours à chaque remarque malvenue, elle avance. Elle ne se pose pas la question.

*

Ça lui explose au visage. Ils ont fait ça. Ses mômes ont fait ça. Elle l'entend de nouveau, nettement, le rire collectif. Ils savaient donc, les copains. Et Nadir qui frimait, les yeux brillants, les épaules sorties. Nadir qui, d'habitude, s'arrête toujours au bon moment. Qu'on n'aille pas lui expliquer que ce sont des gosses, qu'ils ne se rendent pas compte. Leur foutue présomption d'innocence, ils peuvent se la garder.

La récréation est finie. Il faut retourner en cours. Nadège peut pleurer tant qu'elle veut sur le canapé, ce qui la tient, elle, c'est une colère irrépressible. Parce qu'elle se dit que son boulot ne sert vraiment à rien, qu'elle leur faisait confiance à ces mômes, qu'elle s'est bien plantée, une fois de plus. Toutes les cinquante-cinq minutes, ça sonne, elle doit enchaîner et prendre ses autres classes. Elle ne pense qu'à ça. Elle serre les poings à chaque intercours, ne tolère pas le moindre bavardage. Elle recale – cassante – la réponse à côté de la plaque ou l'élève qui ne retire pas sa casquette en entrant. Elle est injuste. Les enfants encaissent, parce que cette attitude ne lui ressemble pas. Pourtant, eux aussi sont tendus. Elle ne comprend pas elle-même la violence de sa réaction. Au fond, elle se déteste autant qu'elle les déteste, ceux qui ont fait « ça », joli euphémisme pour planquer l'horreur incarnée par quelques morveux. Non, la responsabilité n'est pas divisée par l'acte collectif, elle est multipliée par autant de mains et de sexes qui ont sali le corps de la victime.

En fin de journée, elle apprend que certains élèves ne sont entendus qu'en tant que témoins assistés. Plusieurs collègues sont soulagés. Témoins assistés ? Ça veut dire quoi au juste ? Qu'ils ne l'ont pas touchée, la gamine ? Qu'ils ont tenu les portes, qu'ils ont tenu les poignets, ou peut-être qu'ils ont simplement filmé. Rien de grave.

« Non, merci »

Mercredi 4 février 2015

L'ascenseur de droite est encore en panne. La porte de celui de gauche refuse de s'ouvrir au douzième. Layali monte jusqu'au onzième et finit le reste à pied, avec d'un côté le sac de commissions plein à craquer, et de l'autre la main de son petit dernier qui prend son élan et tire à chaque marche. Devant elle, Adam cavale. Il est tout content. Pour une fois que c'est elle qui vient les chercher à l'école ! Elle ôte son foulard, joliment assorti à sa tenue, le suspend avec son manteau dans l'entrée. Elle gagne la cuisine. Le port de tête est digne, la démarche gracieuse. Pourtant, il y a chez elle quelque chose de muet, une hésitation à peine perceptible qui semble s'excuser à l'avance. Le père des enfants est parti. Elle n'aura jamais un mot contre lui. L'homme de la maison, c'est Nadir maintenant. Est-ce qu'il reviendra ce soir ? Il faudra bien qu'il emmène les petits demain matin. On l'attend à 6 heures au travail, c'est long le trajet jusqu'à Orly.

Ils ont appelé, avant-hier. C'est Yasmine, la grande, qui a décroché. Elle était de passage. Une cousine éloignée l'héberge à Meaux, le temps qu'elle prépare son bac pro hôtellerie. La gamine a tchipé en tendant le combiné à sa mère.

Ça a duré deux minutes, tout au plus. Layali a fait répéter le policier pour être sûre de bien comprendre. Beaucoup de mots lui échappent encore, malheureusement certains s'apprennent plus vite que d'autres.

Ils ont parlé d'avocat. Elle n'en connaît pas. Elle a répondu « non, merci ». De toute façon ce ne sera pas nécessaire, ils font forcément erreur, son fils à elle ne traîne pas. Il est toujours à l'aider. C'est lui qui s'occupe des petits, qui les fait goûter. Elle peut compter sur lui, Nadir est un bon fils.

Une visite médicale, mais pourquoi ? Est-ce qu'il est malade ? Est-ce qu'on lui a fait du mal ? Ils avaient dit vingt-quatre heures, peut-être quarante-huit. Elle va préparer le repas pour quatre.

La sonnerie du téléphone retentit. Elle se précipite, puis elle se rappelle qu'on est mercredi. La voix chaude garde un accent qu'elle a l'impression de perdre. Sa mère parle un arabe rond et rassurant.

« Au travail, ça va ?

— Oui, le patron est gentil. Il m'a dit qu'il reconduirait mon contrat. Et puis il a enfin accepté : je passe demain dans l'équipe de jour.

— C'est bien, ça. Et les enfants ?

— Ça va. Hier, les Marzouzi nous ont invités à dîner. Tu te souviens des Marzouzi ? La porte en face de la nôtre. Elle avait cuisiné tout l'après-midi. Ça sentait bon sur le palier.

— Vous étiez nombreux ?

— Je n'y suis pas allée. Trop fatiguée, et les petits étaient agités... Tu sais ce que c'est les journées à l'école, c'est dur à leur âge.

— Et Yasmine ?

— Elle a eu de bonnes notes à ses partiels. Ah, et elle s'est lissé les cheveux, on se demande bien pourquoi. Je n'aime pas beaucoup.

— Et Nadir ?

— Ça va... Il a hâte de venir cet été. Papa, ça va ?

— Tu connais ton père. Il refuse de prendre ses cachets. Il n'en fait qu'à sa tête. Enfin, pour l'instant... »

Elles s'embrassent. À la semaine prochaine. Oui, promis, *Ya Mama*, je leur dirai. Eux aussi t'embrassent. Layali raccroche.

Elle jette un coup d'œil à la pendule de la cuisine. Il faut qu'elle range la chambre de Nadir avant son retour. Elle ramasse les manettes de jeu et son short de foot. Il faut qu'elle pense à changer les draps du lit. Elle y a dormi hier soir. C'était plus confortable que le canapé. L'autre chambre, avec les vélos qui dépassent du balcon, c'est pour les deux petits. Elle a collé son nez contre l'oreiller, a enfoui son insomnie dans ce mélange de parfums d'enfant et d'odeur forte de cuir chevelu.

Par la fenêtre, elle observe des gamins rassemblés au pied des tours, ils sifflent fort, crachent par terre, font vrombir les scooters et exécutent des roues arrière sans casque à la barbe des policiers qui ne mouftent pas. Elle s'en voudrait si son fils leur ressemblait.

Elle a bien pensé se rendre au commissariat. Mais ça lui fait trop peur. Et puis il faudrait attendre pendant des heures dans la queue qui s'étale le long du bâtiment bétonné, exposée aux yeux de tous les passants. Elle avait alors imaginé aller voir Mme Debord, la CPE. Et puis, non, à quoi bon déranger ? Ils avaient bien assez à s'occuper au collège avec les enfants des autres, ceux qui ne dormaient pas en prison.

Planqué ?

Jeudi 5 février 2015

Amine a demandé à Amadou et Adèle de l'accompagner. Il ne se sent pas d'aller dans le bureau du chef tout seul. Les surveillants dépendent de la CPE, Anna Debord, c'est rare qu'ils aient affaire directement au principal. Cette fois, pourtant, il faut réagir. Depuis mardi Amine est furieux. Deux jours qu'il rumine, impossible de se raisonner, ça ne passe pas. À peine la porte refermée sur eux, il invective le principal :

« C'est pas comme ça que ça marche chez moi. »

Lusnel reste interloqué :

« Mais c'est où, "chez vous" ? »

Amadou sent qu'à ce rythme-là la conversation va déraper beaucoup trop vite. Il a toujours été le plus diplomate de la bande, il reprend la main.

« On se connaît, monsieur Lusnel. D'habitude, il y a pas d'embrouilles. On reste tranquillement dans notre coin. Vous faites votre travail, on fait le nôtre. Chacun fait sa part pour que le bahut tourne. » Il marque une pause. « Mais là, franchement, ce que vous avez fait, c'est dégueulasse. »

Ludovic ne comprend pas. Il ne voit pas ce qu'on lui reproche. Face à ce visage hébété, Amine explose :

« Mais dans quel monde vous vivez ? Vous croyez qu'on peut se servir des gens comme ça ? Qu'on est juste là pour faire le sale boulot ? Vous, vous restez bien au chaud derrière votre grand bureau avec vos belles affiches au mur, et nous on se tape la merde ? C'est ça ? »

Adèle intervient. Les contrats de surveillants sont précaires et Amine ne peut se permettre de ne pas être renouvelé.

« Ce qu'il veut dire, c'est…

— Laissez-le terminer.

— Les gamins, nous on vit avec, reprend Amine. C'est pas comme vous. Pendant que vous regardez votre petit film en famille le soir, nous on est en face. On habite dans les tours. On croise les parents, les cousins, les cousines. Il faut vous réveiller ! D'où est-ce que vous nous envoyez les chercher sans nous prévenir ? Comment on fait, nous, derrière ? »

Le principal ne l'interrompt pas. L'occasion est trop rare, Amine poursuit de plus belle :

« Vous savez comment ça fonctionne la confiance ? Ben non, c'est pas dans vos manuels, ça. Vous, vous parlez autorité et discipline, et quand ça se passe pas comme prévu, hop, on appelle un surveillant et on exclut le gamin. Vous croyez pas qu'ils sont déjà assez exclus comme ça ? »

Adèle opine. Là-dessus, son collègue a raison.

« Ça veut dire quoi, AED ? C'est pas à vous que je vais apprendre les sigles, il y a que ça dans votre jargon. Ça veut dire "assistant d'éducation", pas larbin, et encore moins pour le compte des flics. » Amine est à court d'air. Une veine gonflée bat nerveusement dans son cou. C'est dans une moue de dégoût qu'il conclut : « Vous avez tout gagné, les mômes se méfient de nous. Et nous, on se méfie de vous. »

Lusnel encaisse, pas par faiblesse. Amine semble avoir terminé.

« Votre colère est légitime…

— Ah non, vous allez pas nous la jouer comme les politiques. C'est fini le blabla. Il faut redescendre sur terre. Pour vous c'est quoi, ces gosses ? Des nombres, des effectifs ? Les moutons noirs de la promo qui feront tache dans le rapport de fin d'année ? Pour nous, c'est les petits frères. Vous arriverez jamais à rien avec eux tant que vous resterez là, bien planqué dans un fauteuil. »

Cette fois c'en est trop, Lusnel éclate à son tour.

« C'est bon, vous avez fini votre couplet ? Parce que, primo, vous n'avez pas à me parler sur ce ton, secundo, vous vous permettez des jugements à l'emporte-pièce.

— Mais c'est quoi ces expressions ? Vous vous entendez ? »

Adèle lui flanque un grand coup de coude.

« Arrête, tu vas trop loin, là.

— Je vous signale que je vis ici moi aussi ! » Lusnel s'est brusquement levé. « Cet établissement ça fait bien deux ans que j'aurais pu le quitter. On est dans le même bateau et ne croyez pas qu'il n'y a que vous qui prenez les vagues. Ça suffit maintenant ! Vous vouliez que je fasse quoi ? Que j'y aille moi-même, tout seul ? Que je les laisse débarquer dans les classes avec leur flingue ? Ça aurait fait son petit effet, ça. Ou alors, on aurait dû rien faire… Pas de police, pas d'histoires. On enterre. C'est les flics les méchants dans l'affaire, hein ? »

Visages stupéfaits en face de lui. Adèle s'apprête à répliquer, le principal l'arrête d'un geste, se rassoit, puis reprend :

« Excusez-moi. Je suis sur les nerfs. C'est compliqué pour tout le monde. »

Il passe la main sur son front.

« C'est vrai, j'aurais dû vous prévenir. Je suis désolé. Sur le moment, ce n'est pas à vous que j'ai pensé en premier. J'ai pensé au reste de ma "promo" comme vous dites. Et maintenant, ça change quoi ? »

C'est Amadou qui répond. Il est resté en retrait jusque-là, sa voix est calme et ferme.

« Ça change que, justement, vous, vous partirez. Mais nous on reste ici. »

Grains de sable

Jeudi 5 février 2015

Les piles de dossiers, classées, étiquetées, s'étalent sur le bureau d'Anna Debord, entre les mouchoirs placés en évidence, les bâtonnets imprégnés d'huiles essentielles et les plantes grasses dont elle chérit le nom. Il y a les crassules et les succulentes, tout un programme, à l'image de la flore collégienne. La CPE, arrivée toute jeune dans l'établissement, a gagné du terrain sur sa timidité, a tenu bon, d'année en année, comme ses plantes à feuilles persistantes. Postée à l'entrée du collège tous les matins, elle accueille les élèves et module, sur tous les tons, selon le degré d'ensoleillement ou la qualité de son sommeil, des « casquettes – écouteurs – carnet s'il vous plaît – bonjour – sérieusement, Brahim, des claquettes en plein hiver ? – on se dépêche ! – non, Assia, c'est bien tenté, M. Machin n'est pas absent ».

Ses collègues, d'abord déstabilisés par son apparente distance, ont appris à goûter l'humour de ses remarques, qu'elle distille, imperturbable, par petites touches bien senties. Et Dieu sait que ce n'est pas toujours évident de garder son sang-froid ou de réprimer un fou rire. Le quotidien ne manque pas de situations burlesques. Si elle en trouvait le temps, elle tiendrait un carnet. L'autre jour, un élève toque piteusement à la porte de son bureau. Elle lui demande de s'asseoir, avec la morgue de circonstance.

« Qu'est-ce que vous avez encore fait, Dieudonné ? »

Pour toute réponse le môme lui tend le rapport d'incident rédigé par le professeur. Une ligne, une seule, justifie l'exclusion : « Pète en cours. »

Elle pince les lèvres. Il va falloir assurer, revêtir le costume sans faille de l'autorité outragée et composer avec brio un discours convaincant sur la discourtoisie des flatulences en milieu scolaire. Dieudonné regagnera la salle d'étude pour la fin de l'heure, la tête basse et les fesses serrées.

Elle en a à la pelle des anecdotes. Il y a Jean-Daniel qui lui explique, navré, que, s'il est arrivé en retard à l'épreuve de brevet blanc, c'est parce qu'à la pause du déjeuner il était trop fatigué : « Je me suis endormi sur ma chaise. » Et Alicia, qu'elle tançait vertement parce qu'elle s'était moquée d'un de ses camarades, qui se justifie, la prenant à témoin : « Mais sérieusement, madame, vous l'avez vu, Kévin, avec sa tête d'œuf et ses dents divorcées ? » Et puis les deux comparses qui avaient atterri en face d'elle parce qu'ils « se reniflaient respectivement les baskets pendant le cours », avait précisé d'une petite écriture contrite le prof d'EPS. Sentant qu'elle ne tiendrait pas longtemps, elle les avait congédiés d'un ton ferme : « Maintenant vous sortez. Je suis très en colère», avant d'éclater de rire à peine avaient-ils tourné les talons.

Tous ces grains de sable dans les rouages des journées sans accrocs lui rappellent, au milieu des dossiers bien plus lourds, qu'en face d'elle ce sont des enfants, des bambins, qui se chamaillent et s'embrouillent, testent les grands et pleurent quand ils perdent. Son travail, c'est de ne rien laisser passer, et elle recevra consciencieusement tous les élèves. Mais elle agit par ordre de priorité, et il n'est pas rare que l'urgence du moment la force à reporter de quelques jours le traitement des cas les moins inquiétants.

Elle a enfin un instant à elle. Anna pose sa tasse de thé noir sur le bureau. C'est dans la pile des petites exactions en souffrance qu'elle découvre le rapport d'incident de Moussa. Un autre jour, dans une semaine qui n'aurait pas ressemblé à celle-ci, elle aurait peut-être souri. Mais une boule lui tord le ventre depuis lundi, et la feuille lui tombe des mains.

Collège André-Breton
Stains

Année 2014/2015
Rapport d'incident

à remettre au professeur principal, au CPE
(et si nécessaire à la direction)

Date et heure de l'incident	*Vendredi 30 janvier 2015 – 17 heures*
Lieu précis de l'incident	*Salle B13*
Identité de l'élève impliqué	Nom et Prénom : *Ayouch Moussa* Classe : *5e B*
Description détaillée de l'incident	*Au milieu du cours, alors que la classe était plutôt agitée (dernière heure avant le week-end), Lindsay s'est plainte que Moussa lui avait volé son stylo quatre-couleurs. Je suis intervenu pour lui demander de le rendre. Il a d'abord dit qu'il ne l'avait pas. Lindsay a insisté, il lui a alors rétorqué : « Ferme ta bouche, toi, il est à moi. J'l'ai pas volé. » J'ai décidé de reprendre le cours car le reste de la classe attendait. La situation n'a donc pas été réglée. Moussa a filé à la fin de l'heure avant que je puisse l'intercepter.*
Information de la famille	La famille de l'élève a été informée de l'incident ☐ OUI ☒ NON Si OUI, ☐ Par le carnet de liaison de l'élève ☐ Par téléphone ☐ Par une CPE ☐ Autre (à préciser) :
Punition	L'élève a été exclu ☐ OUI ☐ NON Une punition a-t-elle été déjà donnée par le signataire ☐ OUI ☐ NON Si oui, laquelle :
Suite à donner	*Appel à la maman ?*
Rapporteur de l'incident	Nom et prénom : *LEFEBRE François* Fonction : *Prof. histoire-géo* Date et signature : *30/01/15*

Et maintenant ? Est-ce qu'il faut vraiment qu'elle saisisse ça dans le logiciel ? « Appel à la maman ». Quelle ironie.

Mme Ayouch, elle l'a déjà reçue, il n'y a pas quinze jours. Elle est arrivée impeccablement à l'heure, dans une robe lumineuse en wax, avec ses lèvres maquillées et une petite pochette à chaînette en guise de sac à main. Elle affichait un grand sourire quand elle a demandé si tout allait bien.

« C'est juste pour faire un point, rassurez-vous. »

En attendant que Moussa les rejoigne dans le bureau, elles ont parlé du grand, Ibrahim, qui est au lycée général d'à côté et qui semble traverser les années avec une constante sérénité.

« Ça, c'est sûr, si son frère pouvait lui ressembler ! » avait conclu la maman. Et elle avait ri franchement, avec ses boucles d'oreilles qui tintaient et tout son corps qui faisait de petits bonds dans l'espace restant entre les deux accoudoirs.

Ce fut presque comique de voir son visage devenir tout à coup sérieux quand son fils pénétra dans la pièce. Regard par en dessous du rejeton, qui n'en menait pas large.

« Bon, Moussa, j'ai demandé à ta maman de venir parce qu'il y a un peu trop de rapports qui tombent en ce moment. »

Mme Ayouch le fixait avec gravité.

« Bavardages, déconcentration, amusements… Tu nous expliques ? »

Il n'eut pas le temps de se justifier. À côté de lui, les boucles d'oreilles n'avaient plus du tout envie de danser. Elles encadraient, sévères, le visage aux sourcils froncés.

« C'est quoi, ces histoires ? T'es pas à l'école pour jouer. Tes profs sont là pour toi, tu les respectes, c'est tout. C'est la vie, ça ! »

S'ensuivit une ribambelle de menaces : privation de téléphone, de PlayStation, de tablette. Debord se dit souvent qu'il est étonnant de voir combien les nouvelles technologies offrent de leviers éducatifs. Pour les parents les plus durs, pas de vacances. Ou, l'ultime punition, celle qui fait baisser le nez aux plus récalcitrants : « Je te renvoie au bled, c'est ça que tu veux ? » Mme Ayouch n'eut pas besoin d'aller jusque-là, Moussa remuait nerveusement les jambes sous sa chaise et tordait ses doigts qu'il s'obstinait à fixer.

À la fin de l'entrevue, la maman avait rappelé à la CPE son numéro de portable.

« Surtout n'hésitez pas. Pour les leçons je ne peux pas faire grand-chose, mais pour le reste, je suis derrière. »

Elles avaient convenu de se revoir après les vacances d'hiver.

Anna regarde de nouveau le rapport d'incident. Un foutu quatre-couleurs. Il n'y aura pas de rendez-vous à la rentrée. Moussa ne sera plus dans l'établissement. Les mots se détachent sous ses yeux embués. « J'l'ai pas volé. »

Trinquer

Vendredi 6 février 2015

Les hautes baies vitrées de L'Imprévu s'ouvrent sur une salle aux murs clairs, suffisamment vaste pour accueillir une soixantaine de couverts. À quelques minutes à pied du collège en direction de la place du Colonel-Fabien, la brasserie ne paye pas de mine. Mais ce n'est pas pour le confort des banquettes en skaï gris ou l'écran de télévision branché sur les chaînes d'information en continu que le lieu attire tant de clients. Tous les vendredis après-midi, Brahim fait les comptes de la semaine en attendant que le petit groupe d'André-Breton débarque, après la dernière sonnerie. Il leur réserve toujours la grande table du fond. Le gérant n'a même plus besoin de détailler les commandes. « Comme d'habitude ? » s'assure-t-il, une pinte dans la main gauche, l'autre sur la tireuse. Anna, pour une fois, réclame un grog. Elle lui glisse un regard entendu : « N'hésite pas sur le rhum. »

Brahim est familier des conversations, parfois il tend l'oreille, demande quelques conseils, son aîné vient d'entrer en quatrième. On parle beaucoup des élèves, un peu des profs, les éternels absents qui ont toujours mieux à faire que de se joindre à eux pour trinquer, et on tape sur la direction. On imagine des projets, des sorties, on se chambre, on décompresse. Mais un malaise s'installe au moment de lever les verres.

Antoine finit par lancer, plein d'ironie :

« À nos forces de l'ordre ! »

Le toast laisse un temps les convives comme suspendus, puis les premiers rires fusent. Soupape. Les verres s'entrechoquent et ça démarre sec. Chacun y va de son commentaire indigné.

« En tout cas, moi, à la place de Lusnel, j'aurais bien du mal à me regarder dans la glace.

— Non, mais j'hallucine ! Monsieur nous envoie ses cow-boys. Depuis quand on laisse les flics entrer dans le collège ? »

Le dégoût d'Antoine pour la police ne date pas d'hier. Syndicaliste actif, il fait régulièrement le pied de grue devant le rectorat pour obtenir des moyens supplémentaires, la poignée d'heures qui permettra de maintenir l'atelier théâtre, ou de créer l'option grec. Il est aussi de ceux qui alertent les journalistes et se plantent avec des banderoles devant les commissariats pour réclamer qu'on libère des compères placés indûment en garde à vue, après avoir reçu des bombes lacrymo et quelques coups de matraque, dans des manifs qui tournent mal.

« Ils ont bien caché leur jeu, n'empêche… » Marion n'en revient pas. « Depuis combien de temps ils savaient ?

— Tu m'étonnes qu'ils nous ont pas prévenus, renchérit Mohamed, ils savaient bien qu'on ne les aurait jamais laissés entrer. »

Anna enroule ses mains glacées autour de la tasse et boit une gorgée. Brahim de l'autre côté du comptoir lui sourit, il a respecté ses prescriptions. L'alcool parfumé au miel et au citron la réchauffe un peu.

« En même temps, je vois pas bien ce qu'on aurait pu faire. » La voix timide de Bertrand demande pardon à l'avance d'être trop naïf. « Ils ont la loi de leur côté, non ? » Il est stagiaire, tout juste sorti du concours. L'équipe l'a pris sous son aile.

Antoine lui explique que, si la loi avait été écrite pour protéger les citoyens, ça se saurait. « J'estime, moi, que ma mission, c'est de protéger les enfants. Ils sont mineurs, merde ! »

La soirée poursuit son cours, le sujet est inépuisable, on sent pourtant qu'il faudrait passer à autre chose. D'ailleurs Anna n'a pas ouvert la bouche depuis qu'elle est arrivée. Marion la regarde se tasser sur son siège. Elle tente de parler des vacances. Plus qu'une semaine à tenir, enfin ! Malgré la bonne volonté des uns et des autres l'échange patine. Le cœur n'y est pas. Bertrand se lève pour demander l'addition. La CPE est soulagée, elle ne voulait pas avoir l'air de partir la première. Elle salue d'un geste de la main ses collègues et se dirige vers le RER, emmitouflée dans une écharpe qui lui mange la moitié du visage. Elle essaye de remettre ses pensées à l'endroit. C'est vrai, ils ne l'avaient pas prise à partie, mais volontairement ou non ils la visaient. Avaient-ils seulement idée de la façon dont les choses s'étaient passées pour elle ? Le jour où

Fatima était venue reconnaître les garçons sur les trombinoscopes, ce même jour, la capitaine avait déboulé dans son bureau. Après des présentations plus que sommaires, elle en était venue au fait, sans préambule, et avait égrainé les huit noms. Marnin était pressée, elle ne lui a pas laissé le temps d'encaisser. Elle a sorti un carnet et lui a demandé de bien vouloir lui dire ce qu'elle savait sur les suspects. Anna, prise de court, n'avait pas su quoi répondre. Il y avait même un nom dans la liste qu'elle ne connaissait pas. Seydou Ndam. Un gamin dont elle n'avait jamais entendu parler. Elle avait fini par livrer, sans ordre, les informations qui lui traversaient l'esprit. Elle avait peint des portraits sans nuance, réduits à une moyenne scolaire, un nombre de sanctions dans l'année et au degré d'implication des parents. Marnin prenait des notes, Anna n'avait aucune idée de l'usage qu'elle en ferait. La capitaine l'avait ensuite informée de la date de l'interpellation, puis avait pris congé. Elle avait lourdement insisté : « Vous êtes tenue au plus strict silence. » Puis elle avait laissé Anna seule, le cul sur sa chaise, sonnée. Incapable d'aller voir Lusnel pour en discuter, incapable de sortir dans le couloir. Dès qu'elle croiserait un professeur ou un élève, elle serait obligée de mentir, complice d'une confidence qu'elle n'avait pas sollicitée. Cela avait duré une semaine. Évidemment qu'elle les avait croisés, ces gamins, que c'était elle qui avait détourné les yeux, se raccrochant de toutes ses forces à la notion de présomption d'innocence. Le coup de filet, par la transparence qu'il rétablissait, lui sembla presque un soulagement. Elle n'avait de cesse de repenser à ce qu'elle avait dit à la capitaine. Elle se demandait si ses mots, d'une manière ou d'une autre, pourraient nuire aux garçons, aggraver leur cas.

Et voilà que, en plus, ils lui faisaient maintenant porter le poids d'une « collaboration ». Ils sous-entendaient qu'elle n'avait pas protégé les élèves. Tout au fond d'elle, une autre colère montait, qu'elle avait dû contenir toute la soirée, une colère sourde : il n'y avait donc personne pour se soucier de protéger Fatima ?

Incrédible

Lundi 9 février 2015

« Cher Juge, je connais bien ces huit garçons, je les connais depuis longtemps et je peux vous garantir que ces jeunes hommes sont innocent. Ils sont comme des frères pour moi et m'imaginer les voir faire une tel chose m'est aussi insupportable qu'incrédible. Je suis contre le fais que ces jeunes soit pénaliser or que certains ne l'on pas toucher, ni même parler. De plus cette jeune fille à déjà une réputation car il y a des rumeurs sur cette personne et ce jour-là je ne doute pas qu'elle était consentante. Je compte sur vous pour prononcer la sentence la plus juste. En espérant avoir un jugement clément pour mes amis. Merci d'avance. »

Dans le rang pour aller en cours d'allemand, Ibrahim a confié la feuille à carreaux pliée en quatre à Adèle. La surveillante n'a pas eu le temps de la lire et d'en discuter avec l'élève sur le moment. Elle l'aurait peut-être laissée là, dans la poche arrière de son jean, si Amine ne venait pas d'entrer dans le bureau en agitant entre deux doigts à hauteur de son visage un papier du même genre : « Vise-moi ça ! »

Cette fois, le mot est adressé directement à Nadir.

« Salut Nadir, c'est Anaïs. Je sais que t'attendais pas une lettre de ma part mais c'est la moindre des choses. T'es marrant même si des fois t'es chiant parce que tu tailles bien. Bref tous sa pour dire que t'es quelqu'un de bien et toute la classe veut que tu revienne. Y a pas trop d'ambiance quand t'es pas là. Enfin, juste pour te dire : revient nous vite. »

Adèle récupère la lettre et montre à Amine celle d'Ibrahim. « Il faut qu'on donne ça à Debord. Il vaut mieux qu'elle soit au courant. »

Anna est d'abord frappée par le contraste entre les deux écrits. Le premier texte n'a pu être rédigé sans l'aide d'un adulte. Elle en a la confirmation lorsqu'en début d'après-midi Amadou lui apporte, la mine déconfite, un troisième document du même genre.

« Vous avez vu de qui c'est ? »

Anna parcourt le début : « J'autorise ma fille Lina à écrire cette lettre pour innocenter les huit collégiens…

— Oh ! ce n'est pas la peine de terminer. Je vous la fais courte. En gros, personne n'a forcé la gamine. C'est elle la salope. Voilà. » Amadou secoue la tête. « Ça aurait pu être n'importe qui, mais il a fallu que ce soit Lina… »

Anna soupire : « Je sais, Amadou, je sais. Ça ne tourne pas rond. »

Elle convoque Ibrahim et Anaïs, elle veut comprendre d'où vient cette initiative.

« C'est Yasmine, la sœur de Nadir, explique Anaïs. Elle est passée à la sortie du collège vendredi pour nous demander d'écrire des lettres de soutien, pour lui et les autres.

— Et vous êtes nombreux à l'avoir fait ?

— Quelques-uns. C'était le week-end, certains ont peut-être oublié. »

Debord remercie les deux élèves et se rend chez Lusnel.

« Qu'est-ce qu'on fait maintenant ?

— Je ne sais pas quoi vous dire, Anna, je ne peux pas les empêcher d'écrire.

— Est-ce que vous savez où en sont les élèves ? Ça fait plus d'une semaine. Les gardes à vue sont terminées depuis longtemps.

— Je suis comme vous, j'attends des nouvelles.

— Et la jeune fille ?

— De ce que j'ai compris jusqu'à présent elle était chez elle. Les policiers voulaient s'assurer qu'ils avaient bien interpellé tous les élèves, qu'elle ne risquait pas d'intimidation ou de représailles. »

Debord considère le principal avec perplexité. Bien sûr qu'elle est en danger, à chaque instant et pour des années. Elle a parlé. Elle a rompu la loi du silence. Même si les gamins directement impliqués sont éloignés, les familles, elles, sont dehors. Les fratries ne se laisseront pas faire.

La CPE referme la porte du bureau de Lusnel au moment où Emma Servin pousse celle de la salle des profs. Sa journée est finie.

Le tableau qui couvre presque intégralement le mur de droite attire son attention. D'ordinaire il est bariolé au feutre Velleda de toutes les couleurs. Certains messages datent même des années précédentes. Mais quelqu'un a pris soin de l'effacer entièrement. Deux lignes, en haut à gauche, sont tracées d'une écriture ronde et calme. C'est signé Élise Poincet. La professeure d'arts plastiques invite les adultes de l'établissement à une réunion le lendemain pour discuter des « événements ». La rencontre sera animée par une association spécialisée dans les violences sexuelles.

Poincet n'a pas choisi le terme « adultes » par hasard. Elle espère que les surveillants et peut-être même les agents pourront se libérer. Elle devine combien il est compliqué pour eux d'adopter une attitude juste.

Le mot fait à Emma l'effet d'une aiguille qui viendrait percer un œdème, laissant écouler un trop-plein.

*

Lusnel aussi avait accueilli la proposition de la professeure d'arts plastiques avec soulagement. Elle était venue le trouver juste avant le week-end. Ça tombait d'autant mieux qu'il se sentait démuni face à la détresse de certains collègues. Il avait donné son accord sans hésiter.

Même dans l'immobilité Élise Poincet imposait une force contenue. Presque maigre, on devinait sous ses vêtements le dessin net de chaque muscle. Elle avait choisi le fauteuil de gauche, bien en face du principal. Par contraste avec la rondeur des accoudoirs matelassés, ses membres semblaient d'autant plus affûtés, son corps se tenant prêt, sur la défensive.

Elle assumait ses cheveux poivre et sel qu'elle tirait en arrière, dégageant un regard adressé, presque déstabilisant, comme peut l'être celui des chats, ou des nourrissons, qui vous percent à jour en vous traversant.

« Il faut annuler les cours, que toute l'équipe puisse assister à l'intervention. C'est important.

— Je ne peux pas faire ça. En revanche, on peut libérer les élèves des enseignants qui souhaitent participer. »

Le calme de la voix d'Élise fut contredit par l'apparition redoutable de la ligne de ses mâchoires, qui venaient à deux reprises de se dessiner dans un battement réprobateur.

« Je ne comprends pas, monsieur le principal. » Lusnel détestait qu'on le ramène ainsi à sa fonction. « Vous ne jugez donc pas essentiel que toute l'équipe soit là ? » Cela faisait deux fois qu'elle insistait : « toute l'équipe ».

« Tout le monde est touché. » Elle marqua un bref silence et ajouta, plus bas, comme pour elle-même : « D'une manière ou d'une autre. »

« Je ne vais pas obliger mon personnel à assister à une réunion sur les violences sexuelles, madame Poincet. Ce n'est pas mon rôle. Ils feront selon leur conscience, c'est leur choix, leur liberté.

— C'est toujours très pratique de parler de liberté. Voilà une notion bien arrangeante. »

Elle avait probablement jugé qu'il n'y avait rien à ajouter et que Lusnel devrait se débrouiller avec ça, puisqu'elle s'était levée et avait quitté le bureau sans même le saluer ni refermer la porte derrière elle.

*

Lusnel regarde la pile de lettres que la CPE vient de lui déposer. Il prend le temps de les lire, une à une. Quelque chose se fige en lui. Au fond, Mme Poincet a raison, il faudrait rendre cette réunion obligatoire. Pas seulement pour les adultes de l'établissement. Pour les enfants aussi.

Quitte ou double

Lundi 9 février 2015

« J'aimerais vous parler de Lina.

— Lina est tirée d'affaire, Amadou. Vous avez fait ce qu'il fallait.

— Vous ne savez pas tout, il faut que je vous raconte. »

En octobre, un professeur avait signalé que Lina dormait en cours, pas qu'elle s'ennuyait, non, qu'elle en écrasait, profondément. Ça ne lui ressemblait pas. Elle n'avait jamais fait partie de la tête de classe, mais elle poursuivait une scolarité sans heurts, sans se faire remarquer. Sauf des garçons.

Elle avait expliqué à Amadou qu'elle était crevée. C'était compliqué, elle ne pouvait pas complètement dormir chez elle. Puis elle avait avoué que c'était à cause d'un garçon d'une autre cité. Ses parents avaient appris qu'elle le voyait, ils étaient très religieux, ça ne passait pas du tout. Elle était obligée d'attendre chez des copines qu'ils soient couchés pour rentrer à son tour.

Amadou sentait que le récit était incomplet, mais s'il commençait à poser des questions, Lina se fermerait. Il avait promis de ne rien dire, n'avait rien brusqué, juste demandé comment elle allait chaque fois qu'il la croisait dans un couloir. Il avait finalement profité d'un matin où elle était arrivée très en retard pour en savoir davantage.

« En fait, ce que je t'ai pas dit, c'est que l'autre jour, ils ont demandé l'imam, pour un truc de purification, j'ai pas compris. J'ai appelé les flics. C'est pour ça que c'est la guerre à la maison. »

Amadou n'est pas musulman. Ses parents ont grandi en république du Congo. Les élèves ont d'abord été surpris qu'il ne fasse pas le ramadan, mais ils ont vite lâché l'affaire. Croyant, même chrétien, c'était plus acceptable qu'athée. Il ne connaît pas grand-chose à l'islam, mais il comprend que ce qu'a fait Lina n'est pas excusable pour sa famille, et que la situation mérite qu'il aille trouver Mme Louison, l'assistante sociale. Elle dispose d'un bureau un peu à l'écart pour plus de discrétion, pas très loin de celui du chef. Les quelques chaises placées en L font penser à la salle d'attente d'un médecin, sans table basse et sans magazines. Mme Louison avait relevé le nom et le prénom de la jeune fille et avait promis de la recevoir lors de sa prochaine permanence, trois jours plus tard.

Lina, de son côté, rassurée par le fait qu'Amadou n'avait exprimé aucun jugement contre elle, s'était résolue à tout lui raconter. À l'issue de l'heure de retenue qui sanctionnait son retard matinal, elle lui avait demandé s'ils pouvaient s'isoler dans une salle pour poursuivre la conversation. Amadou avait refusé. Il lui était formellement interdit de rester seul avec une élève. Mais, dès que tous les collés auraient quitté la permanence, ils pourraient discuter, porte ouverte.

Elle s'était assise, au dernier rang, la tête posée sur ses bras croisés, à demi couchée sur la table, en attendant que ses camarades aient terminé de recopier le règlement intérieur.

Les premiers aveux furent difficiles :

« Le garçon avec qui je sors... Je suis amoureuse, mais c'est pas un mec bien. »

Amadou s'était renseigné entre-temps : effectivement, les rumeurs sur son compte n'étaient pas glorieuses.

« En fait... » Lina vérifiait toutes les dix secondes que personne ne menaçait d'entrer dans la salle. « Il me demande de faire des trucs et j'ai pas envie.

— Faire des trucs...

— Vas-y, tu te fous de ma gueule. Je vais me débrouiller toute seule. »

Lina, qui avait cru déceler une moquerie dans la voix d'Amadou, avait récupéré son sac sur la table et s'était dirigée vers la sortie. Il l'avait attrapée par le bras et avait lâché aussitôt. La chose était proscrite. Sans compter qu'il ne voulait exercer aucune contrainte supplémentaire sur elle.

« Je ne me fous de rien du tout. Simplement, explique-moi. C'est quoi "faire des trucs" ? Il se passe quoi au juste avec Bilal ? »

C'était sorti tout seul, pas très malin cette histoire de prénom. C'était quitte ou double. Surprise, elle se retourna vers lui.

« Mais tu connais son nom ?

— J'en ai entendu parler. C'est quoi, les trucs dont t'as pas envie ?

— Ben, je veux pas coucher avec lui, pas encore. Alors je le suce, mais ça suffit pas. Il me dit que, si je le fais pas, il va me faire une réput'.

— Une réputation de quoi ?

— De gamine, quoi ! Dans toute la cité.

— Sauf que si tu couches avec lui, il te fera une réputation de fille facile. Tu préfères quoi ? »

Lina avait paru hésiter.

Amadou s'était retrouvé obligé de demander à une élève de quatorze ans si elle pensait à mettre des préservatifs lors des rapports oraux. Elle l'avait fait répéter.

« Ah, quand je le suce ? Bah non.

— On ira au Planning familial cette semaine, c'est gratuit et anonyme. D'ici là tu te débrouilles pour pas le croiser.

— Tu diras rien, hein ?

— Tu sais bien que c'est pas possible. Mais je te promets que tes parents resteront en dehors. »

Elle protesta moins qu'il ne l'aurait cru. Elle avait besoin d'aide et en avait conscience. Il la raccompagna à la grille et se dépêcha de retourner consulter Mme Louison.

Elle s'apprêtait à rentrer chez elle.

« Encore vous, décidément !

— Oui, j'ai revu Lina. Il n'y a pas qu'avec les parents que ça ne va pas… »

Elle avait posé ses clés et lui avait indiqué le siège en face d'elle. Il lui avait tout raconté, à chaud, avec les mêmes mots que Lina. Tant pis. L'assistante sociale s'était d'abord raidie, moralisatrice :

« Ce n'est pas à vous de recueillir ce genre d'aveu. C'est à moi ou aux infirmières.

— Ah oui, et il fallait que je fasse quoi ?

— Vous n'êtes pas censé parler de sexe avec une élève. Il fallait nous l'envoyer directement. »

Amadou supportait mal le reproche.

« Mais bien sûr, enfin ! Au moment où une gamine commence à me raconter qu'elle est à deux doigts de se faire violer, je l'arrête avant, mais alors juste avant, et je lui dis qu'elle s'est trompée de porte, qu'il vaut mieux qu'elle aille toquer au bureau 22, pour discuter avec la petite dame gentille qui a l'habitude. »

Mme Louison n'avait pas réagi. Elle avait simplement prévenu Amadou qu'il ne pouvait pas accompagner Lina au Planning familial. Avec fermeté, il avait répliqué qu'il avait bien l'intention de l'y emmener et qu'on ne le ferait pas manquer à sa parole.

L'assistante sociale avait compris qu'il ne changerait pas d'avis et lui avait proposé de les rejoindre sur place.

« Comme ça, elle voit que vous ne l'avez pas laissée tomber et vous assurez le relais avec les services spécialisés. »

Ils avaient convenu ensemble du rendez-vous, puis elle l'avait retenu un instant sur le pas de la porte :

« Amadou, je vous assure, j'ai l'habitude. Vous avez bien fait de venir, ça va aller. Maintenant il faut vraiment que vous preniez vos distances avec cette histoire. »

C'est ce qu'il a fait. Les mois ont passé. Lina a été secourue à temps. Elle a réussi à s'éloigner de Bilal sans que cela fasse trop de vagues et la situation a fini par se tasser avec ses parents. Pas une fois depuis octobre elle n'est revenue se confier à Amadou. Il a cessé de s'inquiéter. Mais cette lettre qu'elle lui a remise le matin même le laisse abasourdi. Il y a quelque chose d'incompréhensible, cette petite a suffisamment de caractère pour s'opposer à sa famille et à la religion – ce qui n'est pas donné à tout le monde – mais elle n'a pu résister à la menace d'une mauvaise réputation. Il se rue à nouveau chez Mme Louison, déboussolé.

« Comment c'est possible qu'après tout ça Lina écrive une lettre pour enfoncer Fatima ? »

Amadou supplie du regard l'assistante sociale, comme si elle détenait la réponse.

« Vous connaissez l'expression “hurler avec les loups” ?

— Quel rapport ?

— Il n'y a rien que Lina puisse faire de plus efficace pour affirmer aux yeux de ses camarades de quel côté elle est.

— C'est-à-dire ?

— Pas du côté des filles faciles. »

Culbaliser

Mardi 10 février 2015

Au premier étage, Emma Servin accueille sa classe de sixième, des demi-portions affublées de cartables énormes. On a beau être en février, certains l'appellent encore « maîtresse », parfois « monsieur », plus rarement « maman ». Ils adorent marquer la date au tableau, demandent de quelle couleur il faut écrire les titres et réclament des mouchoirs, l'air paniqué et la main devant le nez pour cacher la morve qui coule. Ils disent régulièrement à Emma que ses bagues sont belles, ses chaussures aussi d'ailleurs, et qu'elle est trop jolie aujourd'hui. Elle prend le compliment. Ils pleurent à grosses larmes si elle leur rend une mauvaise note et sont capables de bouder toute l'heure, menton rentré, sourcils froncés, pour une croix dans le carnet. Ils vendraient père et mère pour lire devant la classe, réclament d'apprendre des poésies par cœur à condition de pouvoir faire un dessin pour aller avec et piaffent de plaisir quand Emma leur annonce qu'on va emprunter un recueil de contes au CDI. Bref, ce sont des enfants. C'est fatigant, mais c'est ce qui sauve Emma en ce moment.

Ce matin encore elle s'est réveillée du mauvais côté du lit. Ça ne devrait pas exister, il ne devrait pas y avoir de mauvais côté pour se reposer. Pourtant depuis plusieurs semaines elle évite une moitié minée entre les draps. Elle pourrait se dire que ce n'est pas grave, qu'elle regagne du territoire, mais non, ouvrir les yeux sur l'oreiller de gauche la renvoie à une faiblesse, un échec. Elle se lève, répète automatiquement les mêmes gestes. Il reste des dosettes de café dans la cuisine mais elle n'en boit pas. La douche, le choix des habits – sous une veste classique un haut de couleur vive, assorti aux boucles d'oreilles – le maquillage. Elle n'a pas raté un seul jour de classe depuis novembre dernier.

Avec les 6e E elle étudie *La Belle et la Bête*. Le programme stipule d'aborder « le monstre, aux limites de l'humain ». L'un des intérêts du chapitre est de tenter, au fil des séances, d'affiner la définition de ce qu'on appelle communément un « monstre ». Au premier cours, les réactions à brûle pourpoint des élèves l'avaient fait sourire.

« Un monstre, c'est moche et c'est poilu.

— Et ça fait peur, avait ajouté Suhaib.

— N'importe quoi, moi j'ai peur de rien. » Emma, magnanime, n'avait pas rappelé à Farid le cirque que leur avait valu en septembre dernier la présence d'une guêpe dans la salle de classe.

Suzanne avait un nœud à paillettes dans ses cheveux noirs tout lisses. L'enseignante s'était approchée d'elle et lui avait demandé son avis sur la question. La petite avait froncé le nez, louché d'un œil et montré les griffes. On aurait dit un chaton effarouché. Emma l'avait remerciée pour sa contribution.

L'exercice consistant à répertorier le plus de monstres possible avait également réservé son lot de surprises. Au milieu des créatures attendues – dragons, ogres et sorcières – s'étaient glissés un grand frère et un professeur de judo.

« Ça marche pas, madame, un monstre ça n'existe pas. »

Emma s'était frotté les mains. Elle avait laissé les élèves débattre : le grand frère désigné était largement aussi effrayant que Voldemort et l'imbattable judoka du haut de sa montagne de muscles n'était pas en reste. Une dernière remarque de Calvin avait semé le doute : et les loups alors ?

« Ben, c'est pareil ! Les loups, ça existe !

— Oui, mais celui du Petit Chaperon rouge, il parle », avait souligné Regivan.

Ils s'étaient tous tournés vers Emma, espérant qu'elle trancherait de manière définitive. Mais celle-ci s'était contentée de passer malicieusement sa langue sur sa canine droite, provoquant juste avant la sonnerie quelques cris suraigus. Avec les troisième, elle peut approfondir les textes, mais les plus jeunes l'amusent. Elle aime la vitalité de leur imagination, leur capacité à inventer des mots.

Aujourd'hui ils lisent le passage dans lequel la Belle comprend qu'elle est tombée amoureuse de la Bête. Révélation. Elle se précipite vers le château, inquiète, elle avait promis de revenir sous huit jours mais n'a pas respecté sa parole. « Elle culbalise grave. » Johana a raison : Belle est animée d'un mélange de remords et de peur. La pauvre Bête qui avait tout fait pour l'« amadouiller » se meurt. Emma, circonspecte, demande à Idriss de préciser sa pensée. C'est pourtant clair : en voulant lui plaire le monstre a risqué son cœur et il y laisse des plumes, enfin des poils, corrige-t-il, plein d'empathie. Suzanne lève le doigt, elle tient à rassurer la classe : elle a vu le dessin animé et tout va s'arranger. Emma s'assombrit, dans les films les monstres se transforment en princes charmants. Dans la vraie vie, c'est l'inverse, exactement l'inverse. Mais ça, ils ne sont pas en âge de le savoir.

Elle se reprend et annonce qu'elle proposera à l'Académie française leurs trouvailles pour de nouvelles entrées dans le dictionnaire. Les élèves ne comprennent pas et ça n'a pas d'importance. La cloche a retenti, seul compte désormais le menu de la cantine. Il paraît qu'il y a des îles flottantes.

Emma reste dans la salle, ramasse quelques papiers et stylos cassés, range les chaises sous les tables. Elle regarde les enfants courir à travers le carreau fêlé qu'on a rafistolé d'un bout de Scotch, sur toute sa hauteur. Elle se déplace d'un pas, à droite, à gauche, glisse d'un côté puis de l'autre de la brisure. Fracture du réel : la vie avec ou sans filtre. Elle se demande si la naïveté est une force ou une faiblesse.

Nommer

Mardi 10 février 2015

« Qu'est-ce que c'est encore que tout ça ? »

Ils sont trois devant le collège. Mme Gretat, la concierge, n'ouvre pas aux inconnus. Elle s'enveloppe dans son châle, se racle la gorge et se déplace hors de sa loge d'au moins un mètre cinquante pour mieux observer ses assaillants à travers la porte vitrée. Une grosse d'une soixantaine d'années, une petite jeune avec un anneau dans le nez et un maigrichon avec une écharpe d'un orange délirant.

« C'est pour quoi ?

— Bonjour, on vient pour la réunion. On est attendus à 15 h 30.

— La réunion, quelle réunion ? C'est une usine à réunions ici.

— Nous faisons partie de l'association SOS Victimes, nous intervenons à la demande de votre chef d'établissement. »

Allons bon, si on ne lui dit rien, aussi.

Dans un réflexe inconscient qui fait exclusivement porter aux femmes le poids des violences sexuelles, Lusnel s'était demandé s'il y aurait une présence masculine. Il les remercie d'avoir répondu à l'appel et prend la tête du petit groupe qu'il guide jusqu'à la salle polyvalente où l'on organise les projections et les spectacles. « C'est là aussi qu'ont lieu les réunions plénières, leur explique le principal, il y a de la place pour tout le monde. »

Lorsque Mme Poincet les rejoint, elle fait la bise à toute l'équipe et tend à Lusnel une main distante. Il se rend compte qu'elle est membre de l'association, pas une simple intermédiaire comme il l'avait pensé. C'est auprès d'elle qu'il s'excuse de ne pouvoir rester, il doit recevoir des parents d'élèves. Elle hausse les épaules, Lusnel en conclut qu'il lui faut se tourner vers quelqu'un d'autre pour rédiger le compte rendu de la réunion. Il se risque toutefois à demander s'ils ont prévu un déroulé précis, mais l'ordre du jour n'est pas défini, mieux vaut s'adapter aux réactions des participants.

« D'expérience, les personnes qui assistent à ce genre d'intervention sont rarement là par hasard », explique le jeune homme.

Compte rendu de la réunion du mardi 10 février 2015

Heure de début : 15 h 30 Heure de fin : 17 h 30

Objet : intervention de l'association SOS victimes (93)
Secrétaire : Anna Debord

NB : Seuls les échanges ayant un lien direct avec l'interpellation des élèves du collège André-Breton sont retranscrits ici. Par souci de discrétion les participants sont désignés aléatoirement par une lettre lorsqu'il est jugé pertinent de rapporter leurs paroles.

Ouverture de la séance

Les membres de l'association remercient les participants pour leur présence. Ils font une rapide présentation de leur structure et de leurs champs d'action (accueil des victimes, écoute, mise en lien avec les services juridiques, etc.).
L'objectif de la réunion est de permettre à chacun d'exprimer librement son ressenti face aux récents événements et de réfléchir en collectivité à la responsabilité des adultes auprès des mineurs impliqués.

► Distribution d'un document comprenant des données statistiques sur les agressions sexuelles sur mineurs en France.

En 2014, les condamnations pour des faits commis sur mineur de 15 ans représentent 28 % du total des condamnations pour viols (304 condamnations sur un total de 1 075) et 54 % des condamnations pour une autre agression sexuelle (2 417 condamnations sur un total de 4 517).
(Source : ministère de la Justice – SDSE)
Parmi les victimes de viols et de tentatives de viol 21 % se sont rendues au commissariat, 10 % ont déposé plainte et 7 % une main courante.

On estime que moins de 2 % des viols aboutissent à une condamnation en cour d'assises.
(Source : enquête « cadre de vie et sécurité » INSEE)

---

1. La violence faite aux mineurs
Ce premier point est abordé brièvement. Le statut de victime n'étant pas à débattre, l'agression qu'a subie la jeune fille est jugée unanimement par l'assemblée « intolérable » et « odieuse ».

2. La violence faite par les mineurs
Les membres de l'association insistent sur le fait que dans le cas de mineurs s'ajoute à la question de la culpabilité celle du degré de responsabilité, difficile à évaluer tant les facteurs à prendre en considération sont multiples et complexes.
A : Quand on prétend à une sexualité d'adulte, on peut être jugé comme tel !
B : Je ne suis pas d'accord, ce sont des enfants, la responsabilité est partagée par les personnes majeures qui les entourent.
A : C'est trop facile ! Ils n'ont pas cinq ans, on parle de collégiens !
C : De collégiens, oui, mais qui n'ont aucun repère sur ce qui se fait et ne se fait pas. Ils se traitent de « pédé » comme ils disent « bonjour », appellent les fayots des « suceurs ». Ils n'en sont même plus à « niquer leur mère ». Mieux vaut dire aux profs d'aller « se faire enculer ». « Rien à branler. »
Les membres de l'association rappellent la légitimité d'exprimer sa colère face à des agressions, même lorsqu'il s'agit de mineurs.

3. L'hypersexualisation de l'environnement
Réflexion sur les facteurs ayant une répercussion sur la formation de l'identité des adolescents. Une liste non exhaustive et non hiérarchisée est constituée par le groupe (accès précoce et normalisé à la pornographie, certains morceaux de rap très sexistes, influence de la téléréalité, surexposition de l'image de soi dans les réseaux sociaux...).

4. Réponses pouvant être apportées par l'équipe éducative

De nouveau l'assemblée est invitée à participer à un temps de concertation sur les actions à mener en réaction aux points évoqués plus haut.

— Importance de dialoguer et d'informer (possibilité de faire venir des intervenants extérieurs : association de lutte contre l'homophobie, le sexisme, etc.).
— Nécessité de transparence et de fluidité entre les différents pôles au sein du collège (direction, enseignants, AED, infirmières, psychologue scolaire, assistante sociale).
Les membres de l'association soulignent la difficulté de garder une posture juste face aux adolescents (être attentif, encadrer, sans diaboliser une découverte du sexe tout à fait normale et souhaitable à leur âge).

5. Puissance du déni

Quels que soient le type d'agression et l'âge des personnes impliquées, on observe souvent un puissant mécanisme de déni. Refus de se considérer comme victime, refus de se reconnaître agresseur.
Ce déni peut également toucher les personnes des cercles environnants, soit parce que l'affection qu'elles portent aux victimes ou aux agresseurs les aveugle, soit parce qu'elles ont elles-mêmes subi des violences conscientisées ou non.
Dans tous les cas, il est primordial de mettre des mots, de nommer précisément les actes pour sortir du déni.

Conclusion

Les membres de l'association restent disponibles si une deuxième intervention était souhaitée par le collège et rappellent leurs heures de permanence.

Les rendez-vous du principal se sont succédé bien au-delà de la dernière sonnerie, il n'est pas surpris de trouver l'établissement vide quand il sort enfin la tête de son bureau.

Il s'apprête à rentrer chez lui lorsque le téléphone le retient *in extremis*.

« Monsieur Lusnel ? Capitaine Marnin à l'appareil.

— J'espérais votre appel.

— Bon, je ne vais pas passer par quatre chemins. L'instruction a reçu les résultats des tests ADN. Ils sont probants, au moins pour cinq d'entre eux.

— "Probants", ça veut dire quoi exactement ?

— Ça veut dire que ces élèves étaient sur place et qu'ils ont été en contact avec la victime. Je ne peux rien vous dire de plus pour le moment.

— Et les autres ?

— Leur degré d'implication reste à définir.

— Vous me tiendrez au courant ?

— C'est la juge qui reprend la main. C'est plus difficile d'obtenir les informations. Mais je vous communiquerai ce que je saurai.

— Je peux savoir qui sont les élèves dont on a reconnu l'ADN ? »

Le principal n'espère qu'une chose : que Moussa, le petit Moussa, ne soit pas impliqué. Une trêve à l'horreur, juste un brin de soulagement. Marnin énumère les élèves. Son nom est cité.

« Je suis désolée. »

Défigurée

Mercredi 11 février 2015

Douceur de cette silhouette penchée sur son enfant. Il est entouré de linge, blotti contre elle. Le visage de la maman est pâle, elle le couve de tendresse et d'inquiétude. Le petit tend le bras, sa main se pose sur la bouche de sa mère et y demeure. C'est une des *Maternité* d'Eugène Carrière. Le cours est fini, l'huile sur toile est encore projetée au tableau. Quand Élise Poincet a proposé aux élèves d'inventer un autre titre à l'œuvre, l'un d'entre eux a suggéré « Le secret ». « C'est comme si l'enfant demandait à sa mère de se taire. » Magie de l'art.

Camélia glisse une à une ses affaires dans son sac à dos. Elle est souvent la dernière à quitter la classe parce qu'elle aime bien que tout soit en ordre. Elle a la gentillesse de proposer de ranger le matériel d'arts plastiques dans la remise. Élise en profite pour lancer la discussion. Elle connaît la sensibilité de son élève, sa facilité à échanger avec les adultes.

« Je voulais juste savoir comment ça va, toi. »

La jeune fille répond machinalement :

« Bien et vous ?

— Non, je te demande si ça va vraiment. Tu n'es pas trop remuée par ce qui se passe ?

— Vous voulez dire pour Nadir et les autres ? Ça va. On en parle pas mal entre nous. On aimerait bien savoir quand ils reviendront.

— Tu ne leur en veux pas ? »

Camélia regarde sa professeure. Elle a l'intelligence de deviner ce que les adultes attendent d'elle, de composer dans la demi-mesure.

« Je sais ce que vous pensez, madame, et c'est normal. Mais franchement, c'est à elle qu'il faudrait en vouloir. »

Sa voix est posée, sans animosité.

« Mais, ça ne te touche pas ce qu'elle a subi ?

— Si, ça me touche. Sincèrement. Et j'aimerais vraiment pas être à sa place. Ce n'est pas de ça que je parle.

— Alors ?

— C'est pas si simple, vous pouvez pas comprendre, vous. Elle est pas toute blanche non plus, vous savez.

— C'est vrai, je ne comprends pas ce que tu veux dire.

— Je veux dire que, même si c'est horrible, même si ça n'aurait jamais dû arriver, elle aurait dû se taire. Il fallait pas qu'elle parle. On déballe pas sa vie comme ça chez nous. »

La professeure reçoit ces mots comme un coup de poing. Elle n'en veut pas à Camélia qui s'éloigne dans un sourire en lui souhaitant une bonne journée. Elle en veut à ce monde qui tourne à l'envers, ce putain de monde où on doit avoir honte de l'ouvrir. Elle songe au courage de Fatima, et de sa maman, elles qui ont su défier la loi du silence. Dieu, que cela avait dû être difficile.

Élise a raison. La mère de Fatima a dû débrancher le fixe et interdire à sa fille de consulter sa page Facebook. Il était trop tard pour la protéger mais elle pouvait au moins la maintenir en vie. Quand s'affichent sur l'écran les insultes les plus calamiteuses, quand des voix menaçantes envahissent son répondeur, elle n'a qu'une envie : rappeler les numéros inconnus, hurler, détruire. Il faut pourtant qu'elle garde précieusement chaque message, qu'elle consigne le nombre de fois où l'on traite sa fille de sale pute et de balance, qu'elle rapporte à la police les différentes méthodes annoncées pour les faire crever elle, et les siens. Comme si ce n'était pas déjà fait, d'une certaine manière.

Elle doute de tout. Si elle avait été plus présente, si elle avait laissé moins de liberté à Fatima, si… Les deux seules choses dont elle est certaine, c'est qu'il faudra déménager et qu'elle a eu raison de la pousser à porter plainte. Le flot de violence sous lequel elles croulent toutes les deux n'entame pas sa détermination, elle la renforce, en dépit des supplications et reproches de sa fille. Elle ne fera pas comme si de rien n'était, même si son premier réflexe avait été de laver, une fois, puis une deuxième, les vêtements que Fatima portait ce jour-là, avant de les jeter à la poubelle. Non, elle ne fera pas comme si de rien n'était, même si les traces sur la peau de sa fille commençaient déjà à disparaître. Plus profonde que les griffures sur son visage et sur son cou, il y avait cette plaie invisible qui avait déchiré son enfant en deux, en son milieu, cette fracture sauvage qui la rendrait peut-être incapable de jamais se rassembler à nouveau. Se ressembler à nouveau. Défigurée.

Elle se sent brisée en chaque recoin de son être, on a souillé sa chair et chaque parcelle de sa peau de maman, par écho, réclame vengeance. Elle n'a aucune chance de riposter par elle-même. La vendetta nécessite des alliés, elle est seule. Elle s'est tournée vers la police plutôt que d'alimenter le système gangrené qui a démoli son enfant. Ce raisonnement est d'une implacable netteté dans son esprit, elle est pourtant incapable de tenir le même discours à Fatima. Dure comme peuvent l'être les femmes blessées, elle lui reproche d'« avoir cherché ». La phrase reste en suspens. Cherché quoi ? Les embrouilles ? Ce n'est pas ainsi qu'on parle d'un viol. Les hommes ? Ils ont toujours su prendre ce qu'ils veulent sans qu'on ait besoin de le leur donner. Il n'empêche, si elle s'était bien comportée on l'aurait traitée en femme digne. Mais non, il avait fallu qu'elle s'entiche de ce garçon. Si elle lui en avait parlé au moins, si elle s'était confiée à temps.

Fatima était tombée amoureuse de ce type de quatre ans son aîné. Elle rêvait d'une belle histoire. Peut-être la bonne. Il était adulé de tous, en ayant sa préférence elle se sentait privilégiée et bénéficiait par rebond de la considération de son entourage. Les civilités furent de courte durée. Quand au bout de plusieurs mois elle accepta de le suivre, comme les autres avant elle, pour « faire l'amour » sur un matelas défoncé dans un recoin sale, toute courtoisie à son égard cessa. Elle avait craint qu'on la prenne pour une enfant si elle refusait de sauter le pas, elle était devenue sans transition, en deux petites minutes et une vingtaine de coups de bassin, une fille facile. Sa réputation la précédait partout où elle mettait désormais les pieds. Elle était un fruit tapé, avarié. On n'y goûterait plus. Désormais on y mordrait avec dégoût. C'est ce qu'avaient fait les garçons du collège. Puisqu'elle aimait ça et ne se respectait pas, ils n'avaient pas de raison de la respecter en retour.

Coller une étiquette

Jeudi 12 février 2015

«J'insiste, allez faire un tour en salle des profs.»

Il n'est pas 8 heures. Lusnel a bien d'autres choses à régler mais le ton d'Anna Debord l'inquiète. Il est obligé de s'y prendre à deux fois, on a fini par ôter la poignée avec laquelle les élèves jouaient à chaque passage dans le couloir. Ses mains un peu moites glissent sur le morceau cylindrique restant, sans parvenir à le faire pivoter. Un enseignant vient à sa rescousse. Ils ne sont encore que deux ou trois qui terminent d'imprimer des documents en buvant leur café. Tout est calme. Il va rebrousser chemin lorsque Mme Diaoune, la remplaçante d'allemand, lui indique le tableau d'un mouvement de menton.

Il est recouvert de haut en bas d'un message compact, écrit en noir. Le texte démarre à la bordure de gauche et ne lâche la ligne qu'en atteignant celle de droite. Avant même d'en découvrir le contenu, on se sent pris dans un étau de colère et de détermination. Celui ou celle qui a rédigé ça ne laisse pas l'espace d'une respiration. Les barres des « t » sont nerveuses, réprobatrices, comme les accents et les points sur les « i ». Les phrases manquent de ponctuation, emportées dans un flot rageur.

« Sept professeurs ! Nous n'étions que sept professeurs présents (un seul homme !) pour assister à la réunion sur les violences sexuelles mardi. Pour ceux qui ont "oublié" de venir, la fille, elle, n'oubliera jamais… Et je l'espère les garçons impliqués non plus. Il ne faut pas s'étonner de voir les enfants faire n'importe quoi face à des adultes qui refusent de se sentir concernés et de se mobiliser pour eux. »

En bas à droite, en majuscules, un « bravo » conclusif et le dernier éclat d'un point d'exclamation. C'était signé, prénom et nom. Emma Servin.

Lusnel, un instant, se demande comment réagir. Les choses sont déjà assez difficiles. Il se saisit de la brosse pour effacer le tableau et commence méthodiquement par le coin supérieur gauche. En vain. Il renouvelle l'opération en appuyant un peu plus fort sur le tampon. C'est peine perdue, elle a utilisé un stylo indélébile. Le principal soupire bruyamment et lâche d'une voix blanche avant de disparaître : « Qu'on dise à Mme Servin de passer me voir quand elle arrivera. »

Emma ne se présente qu'à la récréation. Entre-temps Lusnel a essayé de joindre la capitaine Marnin. Répondeur. Évidemment. Il a complètement oublié de lui parler de ces foutues lettres quand elle a appelé mardi pour lui donner les résultats des tests ADN. Il les a consignées en attendant dans la pochette en carton, celle enfermée dans le premier tiroir de son bureau. Le dossier gagne en épaisseur de jour en jour.

Lusnel ne peut se résoudre à y coller une étiquette. « Confidentiel » ? Un quart de seconde il s'est entendu penser « si seulement », avant d'en rougir de honte. Alors peut-être : « Viol 2015 » ? Sinistre. Et bien qu'il ne soit pas superstitieux, il craindrait de marquer malgré lui le début d'une série. Il y a ces lettres donc, Pauline, sa fille, qui lui a fait une scène la veille parce qu'il s'était opposé à ce qu'elle aille fêter les vacances avec des « copains », et maintenant une guerre intestine qui menace de se déclarer en salle des profs. Ça commence à faire beaucoup.

Il n'entend pas Emma arriver.

« Vous vouliez me voir ? »

Lusnel l'invite à s'asseoir. Elle demeure debout.

« Madame Servin, le tableau de la salle des profs...

— Oui. »

Elle attend.

« Vous pouvez m'expliquer ?

— Je croyais que le message était clair.

— Vous n'êtes pas sans savoir que vous avez utilisé un feutre indélébile...

— Parce que vous croyez que ça s'efface ? »

Lusnel baisse les yeux le temps d'absorber l'onde de choc. Quand il les relève, Emma a tourné les talons. Elle ne prend pas la peine de lui faire face pour ajouter : « Ça va sonner, je vais chercher ma classe. »

C'est bientôt les vacances, se rassure-t-il. Ça va aller.

La capitaine Marnin mise, elle aussi, sur les congés pour apaiser les tensions, c'est du moins ce qu'elle affirme à Lusnel quand elle le rappelle en milieu de journée. Elle a du nouveau et il est directement concerné par les suites à donner à l'affaire. On a maintenant la confirmation que trois élèves reviendront au collège sur décision de la juge, à la rentrée, début mars, en attendant le procès.

« Deux semaines, c'est toujours bon à prendre, ça permettra à tout le monde de digérer un peu. Je vous conseille toutefois, en vue de leur réintégration, une mise au point avec les classes. »

Silence à l'autre bout du combiné.

Elle poursuit, pragmatique : « Le but est que les choses se passent le moins mal possible. Il ne s'agit pas de minimiser ou de banaliser les faits mais d'arrêter la machine à fantasmes. Ça va vite à cet âge-là. Vous devriez prévoir un moment demain pour expliquer les charges retenues contre les suspects. Leur dire que c'est la justice qui tranche. Insistez sur le fait que rien n'est fixé avant le procès. Il faut que les choses soient claires. Donnez-leur les définitions de "consentement", "agression", "attouchement" ou "viol". »

Elle marque un temps avant de conclure : « Et, surtout, n'oubliez pas de leur rappeler ce qu'est la présomption d'innocence. »

Rengaine

Vendredi 13 février 2015

Ils sont trois à pénétrer dans sa salle quelques minutes après le début du cours. Le principal, l'adjoint et la CPE. Lusnel l'en avait avisée le matin même :

«Je suis désolé, madame Servin, j'ai bien essayé de trouver un autre créneau, mais ce n'était pas possible. Et puis vous êtes la professeure référente des 3e F, c'est bien que ça se fasse sur une de vos heures.»

Quand il lui avait présenté le motif de son passage : la clarification de certains termes, Emma n'avait pu retenir un petit commentaire ironique : «Vous venez leur donner un cours de vocabulaire, en somme !» Puis elle l'avait interrogé sur l'intérêt d'une telle intervention à la veille des vacances, alors que tout était encore à vif. Il avait été obligé de lui expliquer la situation. Emma avait haussé les épaules : «Les collègues feront bien comme ils l'entendent. Pour moi, il aurait été hors de question qu'ils remettent un pied dans un de mes cours.»

L'entrée de la direction est très solennelle. La classe se lève illico. Lusnel commence son discours, il annonce le retour de trois de leurs camarades. Les enfants demeurent silencieux, mais se lancent des regards réjouis. Leur soulagement sera de courte durée. Le principal continue : trois autres ont été incarcérés et deux sont interdits de territoire. Il précise : du département de Seine-Saint-Denis. Il insiste : la situation est temporaire. Il parle du procès à venir. Quand il entame ses explications lexicales sur le viol et ses variantes, ils n'écoutent plus. Ils sont restés bloqués sur l'annonce de l'incarcération et de l'« expulsion ». L'amalgame est vite fait. Emma entend quelques chuchotements dans les rangs, la révolte monte. Lusnel n'a pas l'air de comprendre.

« Est-ce que vous avez des questions ? »

Bien sûr qu'ils en ont, mais pas un ne bouge.

« Vous êtes sûrs ? insiste l'adjoint. Il ne faut pas hésiter. »

La CPE n'ajoute rien, elle connaît les gamins. Elle échange un regard complice avec Emma. Elles s'entendent bien toutes les deux. Si la situation n'était pas si tragique, elles se seraient retrouvées après le cours pour imiter leur chef en forçant le trait : « Vous êtes absolument certains que vous n'avez pas besoin de précisions lexico-pratiques sur la nuance entre attouchement et pénétration ? » Mais c'est trop grave. Alors il n'y a que ce sourire en signe de soutien lorsque Anna Debord quitte la salle. Elle sait qu'ils laissent maintenant le plus dur à Emma. Il reste quarante minutes avant la sonnerie. Elle va devoir gérer les réactions. À peine la porte refermée, leur incompréhension éclate.

« Mais, madame, c'est n'importe quoi, ils ont rien fait. » La classe prend la défense des garçons. Emma tient bon. Elle laisse passer. C'est l'expression qu'utilise son hypnothérapeute. Mais la tension monte d'un cran, Youcef au milieu des autres crie à l'injustice, lui qui sait pertinemment de quoi il en retourne. Elle serre les dents. Ils semblent avoir oublié sa présence, unanimes dans leur indignation. C'est toujours les mêmes sur qui on tape, toujours les mêmes qui prennent. Emma essaye de se rappeler qu'elle a devant elle des adolescents, elle essaye de toutes ses forces. Elle respire. Mais il y a maintenant trop de bruit pour pouvoir respirer vraiment. C'est à ce moment que Halimatou, tranquille, déclare avec une moue de dégoût : « De toute façon, elle l'a bien cherché. » Emma sort de son mutisme. Sa voix est rauque. Elle aboie : « Qui l'a bien cherché ? »

L'agitation se dissipe en une fraction de seconde. Elle s'approche de Halimatou, menaçante. Elle répète : « Qui l'a bien cherché ? » Emma perd pied. Un peu plus, elle va saisir Halimatou par l'épaule et la secouer jusqu'à obtenir une réponse. Mais l'élève satisfait à sa demande avant. Elle relève le défi, les yeux bien plantés dans ceux de sa professeure. « Ben, elle. Fatima. On la connaît tous ici. » Elle accompagne ses mots d'un geste circulaire de la tête, prenant à témoin ses camarades. « Et elle l'a bien cherché. »

La dernière fois qu'Emma a entendu cette phrase, il n'y a pas si longtemps, elle a réussi à encaisser. Du moins, elle a donné le change. Jeudi 8 janvier 2015, les gars de *Charlie*, eux aussi, l'avaient bien cherché. Prise de court, elle n'avait pas su comment réagir et son silence lui avait donné le sentiment d'une incompétence ou d'une lâcheté. Un mois et demi plus tard, elle avait presque oublié la douloureuse rengaine jusqu'à ce qu'elle resurgisse dans la bouche de Halimatou. Et cette fois, elle ne va pas laisser passer ça.

Depuis le couloir, Amine est inquiété par le brouhaha. Les élèves s'en donnent à cœur joie. Jamais il n'a entendu un tel barouf dans le cours de Mme Servin. Ça peut arriver, se dit-il, surtout en ce moment. Les profs n'aiment pas qu'on vienne mettre le nez dans leurs affaires. Il s'apprête à poursuivre le relevé des billets d'absence quand un bruit sec l'arrête. Il revient sur ses pas pour jeter un œil à travers le hublot. C'est la chaise d'Emma qui est tombée. Elle a dû se lever brusquement. Elle fonce sur Halimatou. Pas étonnant, il faut toujours qu'elle se fasse remarquer, celle-là. Une vraie tête à claques. Ça ne lui fera pas de mal de se prendre un savon. Les élèves ahuris par la réaction d'Emma n'ont pas encore repéré la présence du surveillant. Il hésite à intervenir. N'empêche que, là, il va quand même falloir faire quelque chose parce que Emma Servin commence à méchamment péter les plombs. Elle leur reproche leur inconscience, elle crie, sa voix part maintenant dans les aigus : « Ça, c'est sûr, elle l'a bien cherché, comme toutes celles qui adorent qu'on les prenne quand elles ont dit "non" ! »

Amine ouvre la porte. Les élèves, sidérés, sursautent. Il se dirige vers Emma, la saisit par les épaules alors qu'elle continue à invectiver les mômes et la conduit vers la sortie.

« C'est bon, je gère, je garde la classe. » Il n'aurait pas fait ça avec tous les profs, mais avec Emma il peut se le permettre. L'aide qu'elle lui a apportée pour son concours de professeur des écoles les a rapprochés.

Au bout du couloir, Adèle est là. Amine lui fait signe de venir. Il ne lâche les épaules de l'enseignante que lorsqu'il est sûr que sa collègue va prendre le relais. Emma n'a pas résisté une seconde. Elle a capitulé, elle demeure figée, raidie. Adèle l'accompagne dans la cour. Elle sent tous les os dans son dos. Un paquet de nerfs. Elle est corsetée de rage, hébétée. C'est donc ça, être hors de soi. Ne plus s'appartenir. Il faudrait qu'elle pleure. Mais tous les mécanismes sont verrouillés. Elle s'est prise au piège. C'est l'histoire de sa vie, ça.

Grand écart

Lundi 23 février 2015

« Merci d'avoir accepté de me voir. Je sais que vous êtes très prise.

— Et vous, vous devriez être en vacances ! »

La capitaine Marnin lui sourit, c'est la première fois.

Lusnel est tellement soulagé de la voir qu'il est à deux doigts de lui faire la bise. Ils choisissent une table isolée. Il n'y a plus grand monde, la pause déjeuner est terminée.

D'ordinaire Lisa décline toute proposition de rencontre en dehors du boulot, mais Lusnel lui est sympathique. Plutôt son genre de mec, d'ailleurs. Surtout sans la cravate.

« Alors, dites-moi, qu'est-ce que je peux faire pour vous ? »

Lusnel se trouve bête tout à coup. Par où commencer ? Dix jours qu'il tourne en rond comme un lion en cage. Incapable de s'éloigner du téléphone ou de son ordinateur. Il a laissé partir Isabelle seule avec les enfants aux sports d'hiver. Mais personne ne se décide à l'appeler et les journées durent à n'en plus finir.

« Isabelle et les enfants aux sports d'hiver. » C'est noté, dommage.

Bref, il a finalement réussi à joindre la juge d'instruction, mais celle-ci n'a daigné lui transmettre qu'un nombre très restreint d'informations dans une langue absconse.

« Langue absconse », il y a donc encore des gens pour employer ce mot ?

Elle a parlé de mesures d'éloignement, de QPM et d'EPM et elle a raccroché aussi sec. QPM et EPM, je t'en foutrais moi !

« Ah ! Changement de registre. Ça le rend presque sexy. »

Du coup, il a noté les sigles à la volée sans oser réclamer d'explication. Elle était pressée. Au revoir monsieur, merci monsieur.

Ça, la juge Tessier n'est pas du genre à faire des courbettes. Mais elle bosse rudement bien. C'est tout ce qu'on lui demande.

Lusnel s'arrête un instant. Il n'a toujours pas touché au café posé devant lui.

Mais, bon Dieu, il faut bien qu'ils soient quelque part ces gamins ! Il a le droit de savoir, lui aussi !

Il s'excuse aussitôt. En laissant retomber son poing sur la table, il a renversé la moitié de sa tasse. Marnin le considère d'un œil attendri.

« C'est pas facile, hein ? Vous voyez, vous, ça fait quinze jours, allez, trois semaines. Moi, bientôt cinq ans. Vous imaginez ?

— Je ne sais pas comment vous faites. »

Elle non plus, elle ne sait plus vraiment. Elle commence à fatiguer, elle songe à demander sa mutation. Mais ce n'est pas le sujet.

« Les mesures d'éloignement, vous comprenez à quoi elles servent ? »

Ludovic acquiesce.

« Ils sont deux à être concernés. Vous ne les reverrez pas avant le procès.

— Et pourquoi est-ce que personne ne me tient au courant ? Ça impacte le collège aussi !

— De ce que j'ai compris, ils ont trouvé des solutions assez facilement. Ils sont hébergés par de la famille dans des départements voisins. Quant aux QPM et EPM, ça veut dire "quartier" et "établissement pour mineurs".

— Quelle différence ?

— Les EPM sont réservés exclusivement aux mineurs, il en existe six en France. Pour nous, le plus proche c'est Mantes-la-Jolie. Enfin, Porcheville. Un nom charmant. Les QPM, c'est des ailes réservées aux mineurs dans une maison d'arrêt, une prison banale, quoi. Quand on vient de Stains, c'est Villepinte ou Fleury.

— C'est là qu'ils sont ? »

La capitaine fait signe qu'elle ne peut lui en dire plus.

« Et combien de temps ils vont rester là-dedans ? »

Elle comprend, bien sûr, il veut savoir, il s'inquiète. Mais, au fond, elle n'est pas beaucoup plus renseignée que lui. Il faut attendre le procès. Généralement la détention provisoire ne dure pas plus de six mois.

« Et après, s'ils sont condamnés, ça va chercher dans les combien ? »

C'est là que les choses se corsent. Les articles pénaux, elle les connaît par cœur. Des centaines de petits caractères à s'en bousiller les yeux, et la réalité qui toujours bouscule les lignes, défie les cases.

« En théorie, ça peut aller jusqu'à dix ans de prison ferme. La moitié de la peine maximale d'un individu majeur.

— Et en pratique ?

— En pratique, j'imagine que vous avez entendu parler des "tournantes de Fontenay" ? »

Lusnel fait signe que non.

« Le scandale médiatique de l'année dernière. À juste titre d'ailleurs. Quatorze hommes ont été jugés pour un viol en réunion sur deux gamines de quinze et seize ans. Dix d'entre eux ont été acquittés et quatre condamnés à des peines n'excédant pas cinq ans de prison, tous les quatre avec sursis. Tollé des associations féministes. Je me souviens des banderoles dénonçant le "permis de violer". Le ministère public a fait appel. Huit d'entre eux ont finalement été rejugés. Verdict : six condamnations allant de trois ans de prison à six ans ferme, si ma mémoire est bonne. Voilà, c'est assez révélateur… »

Lusnel absorbe les informations. Les chiffres s'impriment dans sa tête. Le grand écart des possibles l'affole, tant pour Fatima que pour ses garçons.

« La justice marche sur des œufs avec les mineurs. C'est vraiment compliqué. Heureusement qu'il y a eu révision du jugement. Vous imaginez le message renvoyé aux victimes ? Inutile de porter plainte. »

Bien sûr, pense Lusnel. C'est évident. Mais des images s'infiltrent malgré lui dans sa tête. « Prison ferme. » Il y a des barreaux. Des enfants trop petits dans des cachots étroits.

« C'est déjà tellement difficile d'obtenir des dépositions, vous avez pas idée. »

Des victimes et des bourreaux. Mais des gosses dans tous les cas.

« Pardon de revenir là-dessus, mais comment ça se passe du côté des condamnés, il y a un suivi ? »

Marnin soupire. Lui qui est sensible aux mots comprendra bien que le terme est mal choisi.

« La prise en charge est très morcelée. On pourrait penser que plus les acteurs sont nombreux, meilleur sera l'accompagnement. Mais c'est l'inverse. On a les parents d'un côté, nous, la police, de l'autre. L'école et les assistantes sociales au milieu. Un premier juge, puis un second. Il arrive que les mômes soient baladés d'une famille d'accueil à une autre… On fait comme on peut, tous. »

Lusnel espérait des réponses, il repart avec des angoisses. Il remercie quand même Marnin d'avoir pris le temps de le voir, et puis aussi d'avoir été là, même en pointillé, ces dernières semaines. Une sorte de maillon auquel il s'est raccroché.

Sur le trajet du retour, il tente de reconstituer le puzzle de la conversation. Mais il a beau essayer, il lui manque les bords, les structures de ce chantier vertigineux. De tout ça, une seule chose ressort : le manque de continuité, l'idée d'un éclatement. Ces gosses sont des enfants de la rupture.

Sans armatures

Vendredi 27 février 2015

Il est à peine 7 h 20, le paysage défile derrière les vitres sales du RER. Layali a dû confier les petits à sa voisine, prétextant qu'elle remplaçait une collègue malade à Orly. Celle-ci a fait semblant de la croire. Elle connaît le chemin, elle sait qu'elle en a pour un peu plus d'une heure de trajet. Ça fait vingt-six jours qu'elle n'a pas vu son fils, vingt-six jours depuis l'interpellation. Elle a enfin obtenu le permis de visite à la maison d'arrêt de Villepinte. C'était compliqué, toute une procédure dont elle ne maîtrise ni ne comprend les règles. Ça lui semble tellement absurde qu'on lui demande une photocopie de son livret de famille pour prouver qu'elle est bien sa mère. Il n'y a qu'à les regarder ! Il avait fallu ensuite attendre l'aval du juge d'instruction. On lui avait annoncé que le délai pouvait aller jusqu'à deux mois. Alors elle avait fait le déplacement une première fois, juste pour lui apporter du linge. Elle avait choisi consciencieusement les vêtements : le jogging et les tee-shirts fraîchement lavés, ceux que

Nadir préférait, les caleçons – pas plus de huit –, les chaussettes – pas plus de dix paires. Pas de sweat à capuche, pas de chaussures avec armatures en fer. Elle avait coché le formulaire en recomptant l'ensemble à plusieurs reprises pour être sûre de ne pas s'être trompée. Le tout devait être emballé dans un grand sac plastique avec une étiquette au nom du prévenu et son numéro d'écrou. C'était le plus dur, le numéro d'écrou. Et puis après, ce fut la découverte du mastodonte de béton gris, immense, et son enfant, si petit, quelque part derrière l'épaisseur des murs.

Cette fois-ci elle va pouvoir le serrer dans ses bras. Enfin, si c'est permis. Le RER s'arrête, une voix métallique annonce qu'il faut patienter quelques minutes pour régulation du trafic. Layali regarde sa montre. Si elle arrive en retard, le parloir sera tout bonnement supprimé. On l'a avertie quand elle a appelé pour obtenir un créneau de visite. Encore une drôle de démarche, si on lui avait dit qu'un jour il lui faudrait prendre rendez-vous avec son fils ! L'homme assis à côté d'elle joue des coudes, lui fait comprendre, l'air agacé, qu'elle déborde sur son espace. Dans son gros cabas à carreaux, elle a apporté d'autres vêtements. Et puis, surtout, elle a acheté les gâteaux préférés de son fils, des barquettes à la fraise dont il mange les bords, gardant la confiture pour la fin. Elle attrape tout juste la correspondance, le bus l'emmène directement à la prison. Elle entre dans le bâtiment, un gardien fait l'appel des familles présentes, puis il faut laisser les affaires interdites dans un casier prévu à cet effet dans la salle d'accueil : le téléphone, l'argent, la nourriture. Même les biscuits ? Oui, même les biscuits. C'est comme ça.

Layali a choisi avec soin un foulard de couleur fuchsia pour ne pas avoir l'air triste. Elle a toujours ce port de tête si élégant. On fait l'appel une seconde fois, puis il faut passer les barrages de vérification. Les portiques de détecteurs à métaux ne l'effraient pas, elle a l'habitude à l'aéroport. Sauf qu'à Orly, les gens partent, ils s'envolent. Elle pénètre dans un long couloir et on lui indique la cabine dans laquelle Nadir doit la rejoindre quelques instants plus tard. Elle reste debout. Elle veut accueillir son garçon, l'embrasser. Mais l'attente est longue, presque un quart d'heure. Enfin elle entend le bruit d'un badge magnétique et la porte s'ouvre. Elle a pu lui parler au téléphone déjà, mais ce n'est pas pareil. Ça y est, il est contre elle, elle retrouve son odeur, la ligne nette et douce des cheveux au ras de la nuque, les omoplates pointues dans le dos comme des ailes de petit oiseau. Ils s'assoient. Nadir plisse le haut du nez pour que les larmes remontent d'où elles viennent. Elle lui pose mille questions sur l'organisation des journées. Ils parlent en arabe, pour ça aussi elle a été obligée d'obtenir une autorisation lors de sa demande de permis de visite. C'est leur langue à eux, elle ne pourrait pas l'aimer avec des mots étrangers. Et les cours ? Et les activités ? Et la télévision dans la cellule ? Rien sur le viol. Plus tard, peut-être. Elle est une maman qui trouve que son fils a maigri, avec son petit visage en lame de couteau et son menton qui tremble. Elle est une maman qui récupérera du linge à laver en sortant, et qui fera sa lessive comme elle l'a toujours faite, avec fatigue, et amour. Les trois quarts d'heure passent trop vite. Juste avant de le quitter Layali lui demande où sont les autres. Le juge les a séparés. « Je t'aime, mon fils. » Il faut le laisser partir dans le labyrinthe de murs, le bruit des clés et des portes qu'on verrouille. Elle voudrait sortir maintenant. Mais il faut encore attendre. Elle ne dit rien, ne pleure pas. Elle n'est pas fière de ce qu'a fait son fils, elle sait que l'acte est odieux, mais elle est mère et pour l'instant il faut que son enfant survive loin d'elle. Inconditionnellement. Elle repasse dans la salle d'accueil, récupère son téléphone, son portefeuille et les gâteaux qu'elle n'a pas pu lui donner. Elle met au fond du sac, sous les habits sales, les petits bateaux sucrés. L'enfance a une date de péremption, pas la même que celle indiquée sur les paquets. Elle pensait qu'elle avait le temps de voir venir. On ne voit jamais rien venir.

Chassé(e)-croisé

Dimanche 1er mars 2015

7 heures du matin. Hafsa espère ne croiser aucun voisin. Elle a demandé à son frère de venir les chercher avec sa camionnette. Il est d'une humeur massacrante. Il aurait bien aimé profiter de sa seule grasse matinée de la semaine, lui qui bosse comme un chien pour sa famille. Heureusement que ses mômes à lui filent droit. Hafsa lui passe les cartons sans répondre. Il les entasse sans délicatesse dans l'ascenseur. Elle n'ose pas lui dire de faire moins de bruit.

« T'as vraiment besoin d'emporter tout ça ? »

Il ne se rend pas compte. Elles ne partent pas en vacances. Elles partent, tout court. Elles ne reviennent pas. Elles fuient. Elles détalent. Elle pourrait continuer longtemps la liste des synonymes, mais il n'y en a qu'un seul sur lequel elle a envie de s'arrêter, de s'appuyer de tout son poids : Fatima et elle « se sauvent ». Elles abandonnent les murs qui ne les protégeaient plus assez, elles claquent la porte que des mains courageuses sont venues taguer en pleine nuit, elles quittent la cage d'escalier dégueulasse, pleine de murmures. Une cage d'escalier qui ressemble trop à celle où ils se sont mis à huit pour immobiliser sa fille.

La caisse qui contient les affaires scolaires de Fatima vient de céder. Les cahiers s'étalent sur le palier dans un boucan terrible. La porte de l'appartement d'en face s'ouvre. Fatima, qui a accouru, s'excuse platement devant Mme Aziz. La vieille dame reste un instant sur son paillasson, en robe de chambre, ahurie. Puis elle avance d'un pas, elle est pieds nus, elle s'accroupit et commence à ramasser les affaires de la petite. Hafsa intervient, elle l'aide à se relever.

« Laisse-moi ta clé de boîte aux lettres, je m'occuperai de ton courrier. » Elle l'a tutoyée. Peut-être que sa voisine fait ça avec tout le monde, mais elle ne peut pas le savoir, c'est la première fois qu'elle lui adresse la parole. Hafsa hésite, elle a les larmes aux yeux. Sa boîte aux lettres est devenue une poubelle. Elle y a même retrouvé des préservatifs usagés.

« Merci beaucoup, madame Aziz. Mais on risquerait un chassé-croisé, nous n'avons pas encore notre adresse définitive. »

Fatima et sa mère s'engouffrent dans l'ascenseur. La vieille dame rentre chez elle. Elle laisse derrière elle cette histoire qui a mal tourné et ferme à double tour, par sécurité.

*

Ils sont encore tous endormis. Ludovic regarde la peinture défraîchie des murs de son appartement de fonction, le petit coin de jardin par la fenêtre contre le grillage du parking du collège. Il observe longuement le couloir, les pièces en enfilade, d'abord la chambre de Lucas, puis celle de Pauline, et la leur. C'est sûr que, s'il avait pu choisir, il se serait installé ailleurs.

Il s'assoit devant son ordinateur. Le document est prêt depuis la veille au soir. Il prend une grande inspiration, jette encore un regard vers le couloir puis il clique sur l'icône « envoyer ».

Monsieur le Directeur académique,

J'ai formulé en octobre dernier une demande de mutation. Cela fait six ans que j'occupe le poste de principal au collège André-Breton de Stains. Mon souhait de changer d'établissement était motivé par le désir de mettre mes compétences au profit d'une nouvelle équipe, de découvrir un autre fonctionnement, de m'y adapter tout en apportant des propositions différentes. Cette étape me semblait nécessaire pour aller de l'avant et évoluer dans ma carrière tout en permettant à mon équipe de direction de se renouveler.

Je vous écris aujourd'hui pour vous demander s'il serait possible d'annuler cette demande de mutation pour que je demeure à mon poste actuel.

Avant tout, je vous prie de bien vouloir m'excuser de vous envoyer ce courrier si tard. Je crois savoir que le mouvement n'a pas eu lieu et espère qu'une modification est encore possible. Ce revirement de situation n'a rien d'un caprice. Les récents événements qui ont secoué mon établissement en sont la raison. Je sais que vous avez suivi l'affaire de viol en réunion qui implique plusieurs jeunes du collège André-Breton. Il serait sans doute plus aisé après une telle épreuve de maintenir mon souhait de mutation. J'ai toutefois le sentiment que je ferais là une erreur tant pour mon établissement que pour moi-même. Ces enfants, avec lesquels et pour lesquels nous travaillons quotidiennement, ont besoin de stabilité. Les défaillances du système, qu'elles proviennent de la paupérisation de la population, de la violence grandissante à laquelle sont confrontés les adolescents, ou de je ne sais quelle situation familiale, appellent en réponse un engagement profond de notre part. Si les acteurs auprès de ces jeunes ne font que se succéder, nous courons à la catastrophe.

Il y a encore beaucoup de travail à accomplir dans ce sens au collège André-Breton. En tant que père moi-même, je crois que j'attendrai de l'Institution qu'elle garantisse, dans les instants les plus troublés, la plus grande continuité possible.

C'est donc avec conviction que je vous prie de bien vouloir examiner ma demande et de me laisser assurer, au moins pour l'année à venir, la transition auprès d'une équipe et d'élèves qui méritent qu'on s'implique pour eux.

Je vous prie de croire, Monsieur le Directeur académique, en l'expression de mon plus profond respect.

Ludovic Lusnel.

Collège André-Breton

Bulletin du 1er trimestre
Année scolaire 2014/2015

NDAM Seydou
Né le 23/12/2000
3E (24 élèves)

Professeur principal : M. Kerman

Matières	Appréciations	Moyennes	
		Élève	Classe
ANGLAIS LV1 Mme Haddad	Une attitude et un travail sérieux mais Seydou manque encore d'assurance à l'oral, il ne faut pas hésiter à participer davantage.	13,48	11,99
ARTS PLASTIQUES Mme Poincet	De très bonnes idées à exploiter et un comportement correct qui mériterait cependant parfois un peu plus de sérieux. À suivre…	14,50	14,89
EPS M. Marie	Très bon trimestre. Seydou est à l'écoute des consignes, très bon esprit. Il faut continuer ainsi.	18,60	13,53
ALLEMAND LV2 M. Bader	Très bon ensemble, fruit d'un travail rigoureux et de qualité. Ne vous laissez pas déconcentrer, restez focalisé sur vos objectifs.	15,60	12,94
FRANÇAIS M. Dubé	Bon trimestre. Seydou fait preuve de beaucoup de pertinence. Il faut apprendre à développer davantage les idées à l'écrit. Vous en êtes capable.	14,67	12,87
HISTOIRE-GÉO Mme Bourgeau	C'est bien ! Vous devez maintenant gagner en autonomie. Attention à ne pas vous laisser influencer par vos camarades.	14,14	11,47

MATHÉMATIQUES M. Almasi	Résultats insuffisants, Seydou doit travailler davantage pour progresser. Il ne faut pas hésiter à te manifester en classe pour obtenir de l'aide.	8,33	10,56
MUSIQUE M. Mathias	Trimestre correct. Seydou demeure toutefois trop discret en participation orale.	11,20	14,13
PARCOURS AVENIR M. Kerman	Seydou fait preuve de beaucoup d'implication pour la préparation de son orientation. Il se montre soucieux de son avenir. La recherche de stage d'observation est en bonne voie.	Non noté	Non noté
PHYSIQUE-CHIMIE M. Vadeboncoeur	Résultats satisfaisants. Seydou est un élève calme et attentif en classe. Bonne attitude dans les travaux de groupe.	12,10	11,50
SVT M. Kerman	Ensemble satisfaisant mais vos résultats demeurent en dessous de vos capacités réelles. Vous êtes capable d'atteindre l'excellence.	13,62	14,02
TECHNOLOGIE M. Clément	Ensemble correct.	13,50	12,40

Appréciation globale : Bon trimestre dans l'ensemble, le travail est sérieux et vous êtes capable de belles choses. Vous progresserez aisément en restant toujours bien concentré et en vous investissant davantage à l'oral. Veillez à ne délaisser aucune discipline.

Absences : 6 demi-journées justifiées – Aucun retard.

Mention : Encouragements.

Issue

Lundi 2 mars 2015 – retour de vacances

« 9 heures. M. Ndam. » Le journal de bord ne donne pas davantage d'informations. Mme Gretat, la concierge, accueille le visiteur et, impressionnée par sa stature, lui indique timidement le secrétariat de direction. L'homme remercie poliment et s'exécute d'un pas lent, les épaules sorties. Il peut avoir une soixantaine d'années, mais c'est difficile à dire. La peau, très sombre, est creusée de sillons nombreux. Le principal lui propose un fauteuil, M. Ndam s'incline pour lui serrer la main, il est beaucoup plus grand que lui.

« Vous êtes venu sans votre fils ? » Lusnel est surpris, il a prévu une entrevue à trois.

« Seydou est resté à la maison avec ma femme. Je préfère. Je voulais vous voir seul à seul. Je lui transmettrai tout ce qui sera nécessaire tout à l'heure. »

En début d'après-midi, le garçon regagnera sa classe, comme deux de ses camarades, après un mois d'absence. Lusnel est tendu, la matinée ne se déroule pas comme prévu. Il garde un œil sur sa montre, l'autre sur son téléphone portable. Il avait organisé de recevoir chacun des élèves concernés avec ses parents. La première famille n'a pas répondu à l'appel et il demeure, à l'heure qu'il est, sans nouvelles de sa part. Puis le deuxième rendez-vous a bien eu lieu. Damien s'est présenté avec sa mère. Très sûre d'elle, elle faisait mention de leur avocat à chaque fin de phrase. Elle prenait pour acquis que si son fils était réintégré au sein de l'établissement, c'était précisément parce qu'il sortait du lot. « Je l'ai bien élevé, ce n'est pas un voyou. » Son retour au collège constituait pour elle la preuve indiscutable de son innocence. Elle s'offusquait d'une « erreur judiciaire » dont son enfant allait maintenant payer les pots cassés et n'avait répondu à l'appel du principal que pour s'assurer que le meilleur traitement lui serait réservé. Lusnel a gardé son calme, la menace de l'avocat ne lui faisait pas peur, mais Damien s'était déjà illustré au sein de l'établissement à de multiples reprises : insolence vis-à-vis des enseignants, pression sur des élèves plus jeunes, chaque fois qu'il l'avait convoquée, Lusnel s'était heurté au déni de sa mère.

C'est donc à l'adolescent qu'il s'est adressé directement :

« Ton implication dans l'affaire n'est plus à démontrer. Tu n'es pas relaxé, tu attends un procès dans lequel tu comparaîtras. » À ces mots, la maman a tenté d'intervenir, le principal ne lui en a pas laissé la possibilité. « Je te demande de faire profil bas d'ici là. Tes camarades vont te solliciter pour connaître les détails de la garde à vue, je compte sur toi pour être le plus discret possible. Je ne veux pas de vagues. J'espère que je me suis bien fait comprendre. »

Damien n'a pas bougé un cil. Il a attendu patiemment que le sermon soit fini, balayant du regard la pièce, un petit sourire ironique accroché aux lèvres. Lusnel a compris qu'il gaspillait son énergie. Il a mis fin à la conversation et les a libérés.

M. Ndam réagit tout autrement. Son visage sévère accuse le coup.

« Est-ce que vous pouvez me dire dans quel état d'esprit est votre fils ?

— Je lui ai beaucoup parlé. Il est conscient de la gravité des actes pour lesquels il est mis en cause. Il est puni. Le rugby, c'est fini pour lui. Terminés aussi les amusements avec les copains. Il n'a plus le droit de sortir. Il aidera sa mère. »

Dans les faits, Lusnel savait que les élèves de retour au collège n'avaient pas touché la victime. Toutefois, leur nom était associé à la plainte car leur présence était avérée sur les lieux du viol, qu'ils avaient participé à rendre possible. La juge d'instruction avait décidé pour eux du statut intermédiaire de témoins assistés, leur évitant la mise en examen sans pour autant les blanchir.

« Je vais être honnête avec vous, monsieur Ndam, je ne sais pas quelles réactions va susciter le retour de Seydou. Si c'est trop compliqué, il faudra peut-être envisager de le changer d'établissement.

— C'est bien fait pour lui, si c'est compliqué. C'est la moindre des choses. On ne va pas lui jeter des fleurs. Il doit assumer les conséquences de ses actes. »

Le principal approuve la rigueur de ces propos, mais espère une autre issue. Seydou a été un élève sans histoires jusque-là, il est doué en classe, sûrement un peu trop influençable mais pas un sale gamin. Le genre de môme qu'on a envie de voir grandir. Les épreuves traversées ont dû lui mettre du plomb dans le crâne. Secondé par l'autorité paternelle, Seydou s'en sortira, et ce sera déjà une victoire, la preuve qu'il ne s'est pas trompé, il y a quinze ans, en choisissant son métier. Oui, ce sera la preuve qu'il arrive, parfois, qu'on réécrive la fin.

*

13 h 30. La sonnerie vient de retentir. Emma Servin arrive devant sa salle, la plupart des élèves sont déjà rangés, ils la saluent. Pour elle non plus ce n'est pas évident de revenir au collège.

Seydou avance dans le couloir. Emma était sa professeure en quatrième. Ils se regardent. Difficile de savoir lequel des deux détourne les yeux en premier. Elle appréciait l'humour et la finesse de ses rédactions. Il suivait avec intérêt des cours qui ne l'ennuyaient jamais.

Il a honte, elle a mal.

II

SAUF QUE C'ÉTAIT MOI

J'ai avalé des kilomètres de sentiers de terre pour ne pas hurler. Je finissais par avoir un goût de cailloux sur les lèvres. Des pierres plein la bouche, une douleur minérale. Pas après pas, aux roulements de la hanche sous le poids du sac à dos, je disais à ma tête de s'aligner, bien droite, dans la perspective des chemins. D'arrêter ses méandres et ses replis sournois. Mon histoire se superposait à celle de Fatima et je n'avais pas le droit. On ne tire pas à soi la couverture du drame. Une adolescente de quinze ans avait été violée. Pas moi, pas comme ça. La vérité sonnait claire. Coup de gong, fin de la partie. J'en demeurais K-O.

Sur la route, des pèlerins compatissants ralentissaient à mon niveau, échangeaient quelques mots. Souvent, on me proposait une seconde peau. Je suis d'abord restée interloquée, ça se voyait tant que ça ? J'ai compris ensuite : un pansement seconde peau. Pas deuxième, non, seconde : celle de la dernière chance. Pour calmer la brûlure, continuer à avancer. Chacun sait que c'est la seule chose qui importe.

J'aurais voulu accepter ce cadeau mais il fallait que je me heurte à mes rebords. Que je me fasse mal d'oser penser à mon angoisse de bourgeoise quand une fille de la cité avait été ravagée. J'ai marché, comme les pénitents de jadis, pour éprouver ma culpabilité.

La vérité, c'est que j'avais déjà compris en partant. Il allait falloir reprendre l'histoire dans l'ordre. Mais quelle histoire ? Celle des enfants ou la mienne ?

Celle des enfants dans la mienne, percutant ma réalité.

1re étape – Puy en-Velay – Saint-Privat – 23 km

« Il n'en finissait pas comme la vie lointaine
Qu'on aurait quand plus tard il faudrait être vieux »
L'Océan, Dominique A

Quand je l'ai rencontré, j'ai hésité quelques secondes, seulement quelques secondes. Il y avait son sourire, d'abord, mais aussi ses lunettes de soleil. Pourquoi nous sommes-nous parlé à cette terrasse de restaurant ? Le livre posé devant lui peut-être, les copies que je corrigeais, ou le serveur qui a voulu rapprocher nos deux tables pour pouvoir passer plus aisément.

Il m'a fallu attendre le rendez-vous suivant avant de découvrir son regard. Des yeux qui n'avaient pas réussi à choisir leur couleur.

J'ai longuement détaillé les grains de beauté qui parsemaient sa nuque, entre la lisière nette des cheveux et le col rêche d'un pull marin. La ligne imparfaite de ses dents, sous la lèvre inférieure, en petits décrochés qu'un rire laissait entrevoir.

Je lui ai demandé son âge, il m'a répondu qu'il était père. Ce serait donc ça, son âge. Celui de ses enfants qui grandissaient, divisé par deux, avec lui d'un côté, leur mère de l'autre. Quand j'ai voulu savoir d'où il venait, il a insisté pour que je lui dise où j'avais envie d'aller. Et puis il m'a embrassée.

« Alors, on va où, Emma ? Parce que si tu es libre samedi, je t'emmène voir l'océan. »

J'avais évité de consulter à l'avance les images de la dune du Pilat, je désirais la surprise intacte. Il pleuvait fort. Dans la voiture, la voix de Dominique A allait et venait par vagues enveloppantes. Nous étions au chaud dans l'habitacle embué, et dehors le mois de décembre s'égouttait frileusement. Nous nous sommes garés dans un petit bois de pins. Quand j'ai ouvert la portière, pas de sable à mes pieds mais un épais tapis d'aiguilles et, tout de suite, la violence de la bourrasque. On sent que le vent, en emmêlant les cheveux, les alourdit un peu.

On se connaissait à peine, je voulais lui montrer que je ne craignais pas l'averse. Nous avons emprunté le chemin désert. Je guettais l'instant où je percevrais l'horizon, je m'imaginais surplomber l'océan. J'ai compris que nous étions au pied du Pilat lorsque le mur de sable s'imposa devant nous, incroyablement raide, insoupçonnable cinquante mètres plus tôt. Une barrière dressée contre l'Atlantique. J'ai gravi la montagne en courant, les grains s'engouffraient dans mes chaussures. J'avais tout à prouver, je voulais qu'il voie en moi la femme forte : la vitalité de mes rires, ma résistance au froid, à l'effort, à la vie en général. Qu'il devine la petite fille qu'on envoyait en classe de mer en Bretagne à la Toussaint, les tempêtes et la chair de poule, les lèvres bleutées et les mains abîmées par les écoutes, la fierté des garçons manqués, comme on dit. Alors il fallait que j'arrive en haut la première, que je sache ce qu'il y avait derrière. Derrière la dune et derrière notre rencontre. Au sommet, essoufflée, j'ai ri : tout promettait d'être beau.

Je lui ai proposé de descendre jusqu'à l'océan. Un vieux monsieur avec un détecteur de métaux arpentait la plage avec son petit-fils en exécutant d'amples gestes circulaires. Je me suis déshabillée, il ne fallait pas traîner. Incrédule, il m'a regardée avancer vers l'étendue grise. Le sable était collant et glacé. Je suis vite entrée dans l'eau, jusqu'aux épaules. J'étais nue. Nue pour la première fois devant lui. Je n'ai pas tenu bien longtemps. Bras croisés, couvrant ma poitrine, je lui ai crié de m'apporter mes vêtements encore éparpillés au sol. Il s'est approché, m'a enrobée dans son manteau. Le vieux monsieur m'a lancé un clin d'œil amusé, il en fallait du cran pour s'y mettre en cette saison. Son petit-fils n'en revenait pas, pour une fois ça valait le coup de faire les cent pas sous la pluie un samedi après-midi. Il faudrait raconter ça aux copains.

« Tu n'as pas froid ? » Non, je n'avais pas froid. Assise sur un rocher, j'attendais de sécher un peu. Alors il fit un geste que je n'oublierais jamais. Il s'accroupit, me prit délicatement les pieds, frotta les grains de sable entre mes orteils recroquevillés, puis il me mit mes chaussettes. De grosses chaussettes de laine tressée blanche et noire. C'était un geste de papa, qu'il avait dû répéter bien souvent à la maison, et celui d'un adorateur. Cet homme venait de faire de moi tout à la fois une petite fille et une idole. Ce jour-là, mon monde s'est ouvert en plein centre.

Je l'ai aimé comme on aime à trente ans, avec des espoirs à glisser à chaque doigt. Des espoirs, pour habiller mes mains de bonheur. C'est le vide qui griffe, quand on a des promesses plein les paumes, les caresses se font légères ; elles ne prennent pas, elles donnent. J'avais trouvé un homme à la mesure de mes attentes. Je me suis faite louve, sur ses traces, tapie, prête à mordre les ombres et les doutes, prête à lécher les plaies. J'ai connu près de lui des nuits de repos, avec sous les paupières la couleur franche de la certitude. Et si je me réveillais parfois, trop tôt, j'étais renversée par l'éclat de sa présence. Nos peaux inventaient d'autres chemins au silence. Nous nous agrippions à pleins bras de présent, de présent et d'avenir. Derrière les montagnes qui avaient d'abord paru infranchissables, pour la première fois, une ligne d'horizon faisait danser les possibles.

2e étape – Saint-Privat – Saugues – 20 km

«J'étais loin de me douter
Cette couleur sur ta peau,
La même que quand on ferme
les yeux parce que tout va bien»
Le Drapeau, Mano Solo

La route m'emportait plus loin. Certains parlent de pèlerinage. Les premiers pas, les débuts. On ignore encore l'essoufflement, l'épuisement, la douleur. Elle viendra plus tard, tombera un matin au réveil, sans qu'on s'en soit douté, les muscles pris dans du béton. Mais d'abord, on a devant soi la promesse des sentiers. Pour peu que le ciel soit bleu, on se dit que tout va. Un pied en avant, encore un. Encore. La mémoire, elle, fait l'inverse. Elle me guidait à rebours. Je saluais les marcheurs sur le chemin, sans les retenir. Je n'étais pas seule. Je revisitais des jours d'une clarté aveuglante.

Tout est allé vite. Sur ma boîte aux lettres, une étiquette collée avec un trait d'union entre nos deux noms. Comme elle me semblait heureuse, cette ponctuation. La place que l'on fait, dans les armoires et dans les souvenirs. La joyeuse invasion, de mon espace, de mon temps, de mon corps. Car je l'aimais d'abandon.

J'avais des kilomètres de peau à offrir, de ma nuque à mon cœur, et de mon épaule à mon cœur et de ma main tendue à mon cœur toujours. Ma cambrure, parfois, suffisait, le choix d'une robe, ou simplement un trait noir plus marqué pour souligner mes yeux. Il m'emportait, réveillait un désir brusque, un tourbillon dans la poitrine, une chaleur dans le ventre, qui gagne plus haut à chaque mouvement. Je réclamais l'envahissement, nos bouches entrouvertes l'une sur l'autre, qu'un plaisir violent rendait incapable de baisers. Juste la même respiration partagée, le même souffle. Il murmurait : « C'est toi qui es en moi » et souffle, salive, mots, sueur, emballaient le cœur. Cet homme faisait de ma vie une pulsation folle, anarchique. Il me disait qu'il me sentait vibrer et je me laissais être sa résonance. La corde nue d'un instrument dont il pouvait jouer à l'envi, soupirs et cris. Sa bouche annonçait à l'avance quand il allait jouir. J'observais la tension de ses lèvres, et je savais. Il m'attirait alors contre lui, les deux mains plaquées autour de mon visage, pour ne pas être seul, pour que nous venions ensemble. Et dans le dernier soubresaut de son corps explosaient les mots d'amour.

Je me levais le matin, plus tôt, avant de partir au collège. Je lui laissais des messages sur la table de la cuisine comme une prière, et j'allais retrouver mes élèves. Les textes que nous étudiions se gorgeaient de soleil, résonnaient en écho.

J'étais tombée amoureuse d'un homme qui chantait, partout, tout le temps. J'ai appris ses mélodies et j'ai cru qu'il m'avait donné une voix.

J'allais vers lui comme on court. Je me laissais déborder, chahuter. Je refusais la possibilité de la moindre altération. Pas de bémol. Pas de demi-ton à la pureté de nos instants. J'ai tout aimé de lui, la guitare à ses épaules, ses effacements discrets dans les soirées trop bruyantes, les larmes qu'il ne pleurait pas devant moi mais qu'il m'écrivait tard dans la nuit, ses intonations toujours changeantes, ses chemises jamais pareilles, cette invention immense qu'il faisait de l'existence pour qu'elle ne ressemble jamais à celle des autres. Je l'aimais, je l'aimais.

Je l'aimais à n'en pas croire la vraie vie qui a repris le dessus, passé les premiers mois. À n'en pas regarder en face les miroirs qu'on veut traîtres.

3e étape – Saugues – La Roche – 23 km

« C'est avoir le noir sans savoir
très bien ce qu'il faudrait voir entre loup et chien »
La Mélancolie, Léo FERRÉ

Sur le chemin de Saint-Jacques, une question revient : « Pourquoi t'es là, toi ? » On prend le petit déjeuner ensemble, on se met en route et les réponses tombent sans pudeur, sans masque. Un divorce, la perte d'un parent, d'un enfant ; une transition entre deux boulots, le besoin de faire le point. On n'est pas maquillé, on est tout seul avec son sac. On a emporté le minimum et ce qui pèse le plus lourd dans le bagage, on espère s'en délester. La rencontre est là pour ça, entre ceux qui croient et ceux qui se demandent, les jeunes et les vieux, les habitués des GR et ceux qui se lancent pour la première fois. Il y a tant de monde qu'on se doit d'être personne. Et ça fait un bien fou.

Marcher, c'est aller d'un gîte à l'autre, c'est sans cesse chercher refuge. Ne plus hésiter sur les trajectoires, se reposer sur le tracé. Une bande blanche et une bande rouge. Il suffit de repérer les signes, sur les arbres et sur les murs. Ça semble si simple.

« Et toi alors ? Pourquoi tu marches ?

— J'ai besoin de me vider la tête.

— Te vider la tête de quoi ?

— Je viens de traverser une période pas facile, au travail notamment. »

À qui aurais-je pu répondre que j'étais là parce que je n'avais pas su repérer les signes, pas voulu voir les alertes ? Que des enfants que je suivais depuis des années étaient devenus sans que j'en prenne garde des salauds. Et qu'un homme que j'aimais ne valait guère mieux qu'eux. Nos sentiers s'enfonçaient au cœur de forêts magnifiques. Qui aurait pu croire à mes histoires de métamorphose, au revers sombre des contes ? J'étais la première à m'en moquer. J'en avais connu des hommes qui font souffrir : ils étaient pris. Lui était libre. En le rencontrant, je pensais m'être délivrée d'un piège, moi qui m'étais souvent fait prendre aux hommes comme au jeu des sables mouvants. Ils finissaient par avoir ma peau, s'y logeaient, s'y couchaient de tout leur long, pour quelques heures seulement, vérifiées sans cesse au cadran de leur montre coupable. Je croyais sentir la consistance pour deux, à leur départ j'étais lestée de demi-mesures. Si j'étais la préférée, c'est qu'ils m'aimaient d'un à côté, dans la fissure du déjà construit. Ils me condamnaient à n'exister qu'en déracinée, trop occupés à ne pas être surpris en flagrant délit de moi, et me disaient qu'ainsi, dans les brèches, j'avais la belle légèreté du vent. Les hommes de mes alentours conjuguaient les verbes de parole à tous les temps, si seulement avant – et sûrement bientôt –, et laissaient l'action à la promesse des jours fériés. Je me bataillais fort. Les espoirs en patchwork auraient pu tenir chaud. Mais après l'amour, entre les mailles de leur lâcheté, il faisait froid à ne plus croire au soleil. Et je recommençais. Je me souviens qu'une fois, ça m'est rentré par la pupille. C'était un film en noir et blanc. Un cavalier sous un saule pleureur sombrait doucement avec son cheval dans des sables mouvants. J'avais cinq ans. J'ai demandé à mon père ce que c'était. Il m'a répondu : « La mélancolie. » Au fond de mon œil, la mélancolie s'est alors logée, comme une gravure. J'ai laissé des hommes m'aimer et ne plus m'aimer. Les contrastes me mordaient à l'acide. Un jour, j'ai décidé que c'en était fini des hommes mouvants.

Celui qui entrait dans ma vie n'avait pas de montre au poignet, pas d'autre femme à rejoindre. J'étais choisie. Il accordait les mots et les actes. Il ne s'absentait de notre quotidien que pour aller voir ses enfants, revenait avec l'envie que je les rencontre et le projet de continuer ensemble, à quatre, peut-être même à plus…

Il ne me laissait aucun doute sur son ancienne compagne. C'était plutôt l'inverse. Je l'écoutais avec complaisance me raconter qu'il avait été malheureux à ses côtés, qu'elle avait tout fait pour qu'il parte. Elle lui rappelait sans cesse que ce n'était pas son salaire de graphiste qui faisait vivre le ménage, qu'il n'était pas assez présent le jour, mais qu'il ronflait trop fort la nuit, le condamnant à dormir sur le canapé. Leurs rapports demeuraient compliqués. La description était rude et je priais pour que jamais il ne fasse de moi un tel portrait, mais par contraste je me sentais pour la première fois plus belle, plus douce, plus drôle qu'une autre… Et j'endurais avec patience ses ronflements pour ne pas risquer d'être un jour découronnée. Une fois, j'ai surpris une de leurs conversations téléphoniques. Le ton montait, je ne lui avais jamais entendu ce timbre si cassant. Il a raccroché en l'insultant. Quand j'ai voulu comprendre, il m'a recalée à mon tour, arguant que ça ne me regardait pas. Après tout, il n'avait pas tort.

« On sous-estime souvent le poids des mots. » C'est ce qu'avait dit l'intervenante de l'association venue au collège. Elle évoquait la façon dont le vocabulaire des élèves se teintait peu à peu de violence et de sexe, jusqu'à banalisation. Ces paroles ont retenti en moi. Elles ont gagné des régions de ma conscience restées sourdes. Je m'en suis défendue, honteuse de m'approprier des propos qui ne m'étaient pas adressés, surtout dans un tel contexte. Mais c'était bien là que tout avait commencé, par l'altération du langage.

Pourquoi je me retrouvais à marcher sur les chemins de Saint-Jacques ? Parce que j'avais cru en cet homme comme on croit au ciel et à la mer, et qu'il avait peu à peu effacé l'horizon, brouillant les repères, gommant les points de fuite. Passé les débuts sans fausse note, les premiers reproches, discrets, avaient pointé leur nez. Ils se déguisaient sous une bonne formule. Ce n'était rien : « Tes fringues, moins tu les portes, mieux je me porte », je souriais, c'est qu'il me préférait nue. Au fil des semaines les coups prenaient de moins en moins les gants de l'humour. Des pans entiers de ma vie encaissaient les ondes de choc, à distance plus ou moins rapprochée. Effet d'éclipse. Les accalmies, merveilleuses, avaient raison de mes doutes. Nous continuions à discuter, à nous promener, à construire. Il savait être tellement gentil quand il le voulait, et mon entourage se réjouissait : « Tu as trouvé une perle. » Mais en coulisse l'entreprise de démolition recommençait. Elle lui échappait, je crois. Ça venait par salves : mon travail de prof, « un boulot de branleuse », mes amis, « désespérément chiants », ma famille, « des bourges conformistes ». Il se rapprochait du cœur de la cible. « Et puis toi… » Moi et mon besoin de reconnaissance, moi et mes innombrables failles. Moi qu'il finissait par faire pleurer et qu'il récupérait toujours d'un mot d'amour ou d'une caresse quand il sentait qu'il était allé trop loin. Il me blessait et venait poser le pansement que j'espérais. La mécanique était rodée. D'ailleurs il s'excusait souvent et, si ce n'était pas le cas, je le faisais à sa place. Il traversait une mauvaise période, il était tendu en ce moment, ses enfants le préoccupaient : je pardonnais. Et puis, j'avais mes torts : cette attente constante d'être rassurée, ma manie de vouloir tout prévoir, mon manque de souplesse. Je me passais un peu de pommade sur mes espoirs endoloris, et sur mes poignets aussi. L'intérieur de mes avant-bras était régulièrement marqué de traces de doigts. J'ai chéri la mémoire de ces étreintes, c'était la preuve qu'il tenait à moi, très fort. Je poussais de toute ma poitrine, en avant, un élan réparateur. Il devait bien se planquer dans un coin, l'homme de la dune du Pilat. Et effectivement, il réapparaissait. Il avait ce don de me rattraper par le rire. Ces instants, qui me restaient gravés et que je convoquais dans les moments difficiles, nous sauvaient toujours. Un soir, après une dispute sans intérêt, il avait filé dans la salle de bains. Je l'entendais chanter depuis l'autre bout de l'appartement pendant que je nous préparais à dîner dans la cuisine. J'attendais qu'il sorte de la douche pour mettre les pâtes dans l'eau. Il inventait notre menu, faisait rimer « chérie » avec « brocoli » sur des airs d'opéra connus. Puis, au milieu d'une grande envolée lyrique sur la saveur des topinambours, mon amour, vibrato à l'appui, sa voix de ténor s'étrangla. Je tendis l'oreille. Est-ce qu'il avait un problème ? Plus un bruit. Je finis par l'appeler, il ne répondait pas. Je jetai un œil inquiet dans le couloir. Il venait vers moi. Sa démarche était hésitante. Un pas en avant, un autre sur le côté. Il tirait les épaules en arrière, tendait la tête en roulant des yeux. Ce n'est que lorsqu'il arriva à mon niveau et qu'il se mit à effectuer des volte-face dans un sens puis dans l'autre, tout autour de moi, ponctuées de roucoulements, que je compris qu'il me faisait la parade amoureuse du pigeon. Ignorant le voisinage, complètement nu, il déployait des ailes imaginaires, genoux pliés, à ras du sol. Cette danse fantasque m'avait valu un fou rire que je ne suis pas près d'oublier.

« Tu ressembles quand même un peu à Quasimodo.

— N'empêche, j'ai réussi… » Il levait le menton d'un air victorieux. « Tu vois, je t'ai *séduite.* » Et j'opinai en mangeant des macaronis trop cuits.

On reste avec un homme pareil et on prie pour qu'il ne nous quitte pas. J'avais peur de le perdre. Je voulais qu'il soit là le matin, prononcer son prénom. Goûter sur ma langue le plaisir des voyelles douces et le souffle des consonnes. Et s'il n'écoutait plus, tant pis. Il fallait qu'il reste, pour que je puisse le nommer au monde tous les jours. Ne plus avoir à affronter le soupçon qui pèse sur les femmes qui se retrouvent trop souvent seules. Même au collège, les élèves cherchaient à deviner si j'étais mariée ou si j'avais des enfants. Je bottais en touche. Pour beaucoup une femme n'est pleinement respectable que lorsqu'elle est mère. C'est le seul îlot intouchable. Alors je n'ai eu de cesse de me servir, semaine après semaine, des verres à moitié pleins. J'ai toujours eu soif, de beau, de pas fini, de pas brisé. Jusqu'à l'aveuglement. C'est dans tous les romans : la vie, ça laisse le regard brouillé. Je me convainquais que ce n'était pas triste. On peut pleurer parce qu'on connaît les ombres, mais que la lumière les écrase. Il arrive qu'on pleure parce que au plus sombre des nuits brille une étoile qu'on a choisie, ou parce qu'il existe un puits quelque part dans un désert. Ce qui compte alors, ce n'est pas l'ombre, la nuit ou le désert. C'est le miracle. C'est ce qu'on a décidé. Et on s'abîme à vouloir réparer. On s'érode encore et encore pour une miette d'intact. On s'essouffle à disperser la poussière, on gratte et on griffe l'habitude pour retrouver l'avant et l'éclat. En vain, forcément. À vouloir tout sauver, à ne jamais écouter les signes et ceux qui savent les lire, on finit comme Œdipe, les deux yeux crevés. Responsable, et victime.

4e étape – La Roche – Aumont-Aubrac – 24 km

«J'ai fait la saison
Dans cette boîte crânienne»
La nuit je mens, Alain BASHUNG

L'heure du réveil s'aligne sur celle du petit déjeuner. Les hôtes sont arrangeants, on se couche tôt, on se lève tôt. Mais ce matin-là, la maison tournait au ralenti. Il neigeait depuis le milieu de la nuit, pas à gros flocons, mais suffisamment pour que le paysage soit recouvert d'une pellicule de quelques centimètres. Les pèlerins sont beaucoup moins nombreux en février, ils attendent le printemps. Je m'étais trouvée seule avec un couple d'une soixantaine d'années. Certains dortoirs disposent de radiateurs, d'autres pas. Les propriétaires, d'anciens marcheurs, avaient réaménagé l'aile d'une ferme pour y accueillir ceux qui préféraient s'arrêter quelques kilomètres avant l'étape recommandée par les guides, le village de Saint-Alban. Mes pieds me faisaient souffrir. Le gîte, un peu à l'écart de la route, m'était apparu comme une bénédiction.

Pendant le dîner que nous avions partagé la veille, Béatrice et Gérard avaient paru inquiets, ils m'avaient vue boiter et se demandaient si c'était bien raisonnable de continuer. Je leur ai répondu que j'avais envie d'avancer. Que je ne rentrerais pas à Paris. Sans chercher à creuser davantage, Béatrice avait annoncé avec beaucoup de douceur : « Nous t'emmènerons jusqu'à Aumont demain », puis elle avait piqué un morceau de pain au bout de sa fourchette pour terminer sa soupe avant d'aligner impeccablement ses couverts de part et d'autre de son assiette.

Et eux ? Pourquoi donc étaient-ils sur le chemin ? Pas blessés, pas cabossés, ils s'accompagnaient avec pudeur. Gérard avait refusé le deuxième verre de vin. Le visage émacié, des yeux très vifs, il avait la silhouette sèche des cyclistes ou des marathoniens. Les deux ! avait-il confirmé tandis qu'elle remerciait notre hôte pour le repas chaud, avant de monter à l'étage. Il fallait encore se laver, faire la lessive.

J'ai étendu mes affaires dans la salle commune. Au matin, nos trois paires de chaussettes faisaient bon compagnonnage devant le feu.

J'ai bu rapidement mon thé, prétextant vouloir prendre de l'avance, ne pas les ralentir. J'avais besoin de la route, d'un élan volontaire, pour convoquer le reste. J'ai poussé fort sur mes hanches, mes genoux. Au bout d'une heure le vent s'est levé, il portait en rafales les flocons qui me piquaient le visage. J'ai mis la capuche de mon blouson et par-dessus, encore, celle de ma cape de pluie. Mes bâtons s'enfonçaient dans la neige, je n'entendais plus leur cliquetis rassurant pour rythmer mon pas. Tout devenait muet, étouffé. Les branches des sapins se courbaient sous le poids du manteau blanc. Le ciel pesait. Qu'est-ce que j'étais venue faire là, isolée de tout ? C'était absurde et l'angoisse montait, me serrait la gorge.

Tous ces mois, murée, bétonnée dans le silence. Surtout ne rien montrer, ne rien confier. Ne pas entrouvrir la brèche par laquelle la lumière aurait pu se faire. Laisser s'éteindre la détresse à la barrière des dents, qu'elle fonde, amère, sous la langue. Et ravaler. J'avais réussi ou presque... Je m'étais mise en danger au collège avec mes élèves. Jusqu'où cela serait-il allé si Amine n'était pas intervenu ? J'en aurais crevé de honte. Mais la perspective indifférente de ce chemin rendait brutalement tous mes efforts vains. Il n'y avait personne pour m'entendre gueuler qu'on m'avait fait mal, qu'on m'avait traînée dans la boue, et pas qu'avec des mots. Ma dernière défense s'est effondrée face au constat de cette solitude. Je me mis à pleurer. Je ne pouvais plus m'arrêter. Ni les larmes, ni les pas. Déverrouillée, pendant quelques minutes, quelques centaines de mètres caillouteux, jusqu'au point de sidération. Je me trouvai tout à coup incapable de continuer. L'envie de fuir, de quitter cette ornière, j'allais faire demi-tour. Je me retournai, à deux mètres de moi, dans mes traces, Béatrice et Gérard avançaient l'un derrière l'autre. Depuis combien de temps étaient-ils là ? Avec mes capuches et le vent, je n'avais rien entendu. Ils m'avaient rattrapée et assuraient mes arrières, adaptant leur rythme au mien. J'ai proposé à Béatrice de passer devant. Elle a fait comme si elle ne voyait pas mes yeux. Gérard a ralenti pour que je me glisse entre eux. Nous sommes repartis ainsi, j'ai terminé l'étape entourée de mes deux veilleurs. Quand nous avons atteint le refuge à Aumont, j'étais exsangue.

Ils m'ont aidée à délacer mes chaussures. Je grimaçai. Gérard m'a demandé la permission de retirer mes chaussettes. Il a inspecté mes pieds. Sous un ongle, une poche de sang s'était formée. Je sentais mon cœur pulser jusque dans mon orteil. « J'ai déjà eu ça, sur la portion espagnole. C'est classique. Dans les descentes les pieds butent au fond de la chaussure. T'inquiète pas, tu vas percer et ça ira mieux après, je t'assure. »

5e étape – Aumont-Aubrac – Nasbinals – 27,5 km

« Tu joues avec mon cœur comme un enfant gâté
Qui réclame un joujou pour le réduire en miettes »
Parce que, Serge Gainsbourg

« Ça nous change du climat d'Antibes ! » Béatrice venait d'enfiler ses gants, une petite paire en polaire bleue assortie à son bonnet. « Tu as pris assez d'eau ? » Gérard levait gentiment les yeux au ciel, « comme tous les matins, oui ». Cette fois c'était un peu différent. La journée allait être longue. Le chemin traversait les hauts plateaux de l'Aubrac, sept heures de marche sans possibilité de se ravitailler. Le seul café du trajet était fermé en cette saison. La neige avait tenu mais le temps était clair. Un jeune type nous doubla peu après notre départ.

« C'est sympa de marcher en famille ! » Nous avons souri tous les trois. J'ai aimé qu'ils ne corrigent pas l'erreur.

« Alors les pieds ? Ça avait pas l'air gai hier. J'étais derrière vous. Je suis parti tard de Saint-Alban, je ne suis pas très matinal… » Vu la longueur de ses jambes et la légèreté de son sac, il devait avaler les étapes en moitié moins de temps que nous. Je le remerciai, ça allait mieux. C'était quand même fou de discuter autant de ses pieds. Nulle part ailleurs ne me serait venue l'idée d'aborder quelqu'un en lui parlant de ses orteils ! Mais sur la route de Compostelle, la chose semblait admise, voire rituelle. « Allez, j'avance. À plus tard peut-être. » En quelques foulées il nous avait distancés.

À la sortie d'une forêt de pins, le paysage s'ouvrit tout à coup. Des pâturages s'étalaient à perte de vue, entrecoupés de murets de pierre. Je savais l'étape redoutée des marcheurs. Dans son guide à l'usage des pèlerins du XIIe siècle, Aymeri Picaud avertissait : « Dans ces lieux d'horreur et de vaste solitude, les jacquets souffriront mille morts. » Gérard se moquait, il en avait vu d'autres.

« Tu connais Antibes ?

— Un peu, j'y ai passé trois jours en août dernier. »

C'était les vacances, j'avais choisi la destination avec soin. Un dernier bol d'air avant la rentrée. L'appartement que nous avions loué avait du cachet, au troisième étage d'un des immeubles de la place centrale. Pierres apparentes, poutres peintes et volets verts.

« Il y a un restaurant que j'ai adoré. Une superbe terrasse, avec des tables de couleur dans un patio…

— Autour du jardin ! On aime bien y aller aussi. »

Nous avions découvert le lieu par hasard, heureux de nous installer le soir de notre arrivée sous la pergola de vignes vierges. Nous avons tout de suite sympathisé avec le couple d'à côté. Des journalistes d'une trentaine d'années, très sociables mais un peu pédants, lui surtout. Mon compagnon caressait doucement mon genou sous la table tout en écoutant ses développements sur les rubriques d'économie dont il était spécialiste. « Et vous, vous faites quoi ? » J'ai senti sa main presser deux fois ma cuisse. Le jeu commençait. « Emma est professeure de lettres à l'université, et moi je suis essayiste. » Il avait marqué le premier point, le jeune couple nous considérait avec intérêt.

« Essayiste ! et quel est votre champ de recherches ? avait interrogé la femme en passant la main lentement sur sa nuque.

— La chanson paillarde.

— Vous vous moquez.

— Mais pas du tout ! Pourquoi ? Je travaille en ce moment sur une commande de Gallimard pour un dictionnaire du chant pornographique, classé par thème. Je vous assure que ce n'est pas évident. On sous-estime le pouvoir transgressif des chansons paillardes. D'ailleurs, chez nos amis belges, le tabou pèse toujours. On parlera plus volontiers de chanson "estudiantine". »

Pendant plus d'une demi-heure, il brilla. Il les tenait. Je le sentais jubiler derrière son masque. Il citait un bon mot de Brassens, inventait une citation de Sade, puis se montrait soudain très fâché que le menu peuple fût incapable de saisir la nuance – pourtant manifeste – entre chansons licencieuses et chansons dites « cochonnes ». D'ailleurs, il avait un mal fou à organiser cette section de l'ouvrage. Il n'arrivait pas au bout de la lettre C. Et nos deux nouveaux camarades buvaient ses paroles, désormais tout à fait convaincus d'avoir l'honneur de passer la soirée avec un érudit. À l'heure de nous séparer je pensais qu'il leur avouerait le pot aux roses, mais rien. Il a pris leur adresse pour leur envoyer un exemplaire dédicacé.

Dans la rue, je le tançai tendrement : « Tu exagères quand même !

— De quoi tu parles ?

— Allez, arrête ton char. Tu les as bien eus. Ils ont tout gobé.

— Je ne comprends pas ce que tu dis. »

Déstabilisée, j'avais préféré ne pas le contrarier. Déjà la gaieté de la soirée avait disparu. Il s'était refermé et s'était couché immédiatement sans plus m'adresser un mot. La journée du lendemain avait commencé à couteaux tirés.

« Tu sais, le problème avec toi, c'est qu'on s'ennuie. Il faut bien le dire, tu es terriblement ennuyeuse. »

J'ai réussi à ne pas lui envoyer ma tasse de café brûlant au visage. S'il voulait jouer au plus malin, je n'irais pas dans son sens, je ne lui offrirais pas ce plaisir. Pour lui éviter de passer une nouvelle journée terne à mes côtés, je lui déroulai le menu des activités possibles dans la région. Il déclina une à une mes propositions. Rien n'était jamais assez bien. De toute façon, avec des inconnus comme avec moi, il gagnait toujours. Il finissait par obtenir ce que lui voulait. Je laissais faire. C'est le visage défait que je quittai l'appartement, en replaçant les bretelles de ma robe qu'il n'avait pas pris le temps d'enlever. Je me souviens des escaliers sombres. À mesure que je descendais, j'espérais la lumière du dehors. La chaleur me guérirait. Là-haut la climatisation asséchait tout. Le plein bleu méditerranéen me remplirait la rétine d'autre chose. Je me perdis dans le dédale des ruelles étroites. C'était la braderie.

Les magasins étalaient leurs soldes en couleurs sur les trottoirs. Il y avait des savons à la fleur d'oranger ou à l'huile d'amande douce, des chemisiers à frous-frous et des vêtements d'enfants bouleversants de petitesse. J'ai continué à chercher dans les venelles une issue de secours. J'ai marché jusqu'à la plage de la Gravette, en demi-cercle le long du rempart. Je n'avais pas de serviette sur moi, mais j'avais un maillot de bain sous ma robe. Je me suis déshabillée et suis entrée dans la mer. Je voulais me laver, confier mon corps au liquide salé. J'ai plongé ma tête sous l'eau. Il ne restait que la sensation de mes cheveux allant et venant sur mon dos au rythme de la brasse. Quand je fus épuisée de nager, je fis la planche. C'était étrange le bruit de ce monde d'en dessous. Un crépitement ininterrompu, le même son qu'un comprimé effervescent. À moins que ce ne soit mon cœur qui peu à peu se délitait dans ma poitrine, maintenant que je prenais le temps de l'écouter.

6e étape – Nasbinals – Saint-Chély – 16,5 km

«Boum boum les uppercuts percutent son visage
Mais jamais elle ne cesse de danser, de danser»
La Boxeuse amoureuse, Arthur H

Presque cent vingt kilomètres parcourus, sans carte ni GPS. Un dernier coup d'œil rapide au téléphone avant de l'éteindre pour le reste de la journée. J'avais reçu quelques messages. Mon oncle, qui ignorait pourtant où je me trouvais, m'avait écrit la veille : «Je ne te quitte pas d'une semelle.» Je me sentais accompagnée. J'eus la surprise ce matin-là de découvrir un petit mot d'Élise, ma collègue d'arts plastiques. «Bonjour, Emma, je pense bien à toi. J'espère que ça va.»

Élise et moi n'étions pas amies. Nous nous saluions dans les escaliers, échangions quelques banalités en salle des professeurs. Ça n'allait pas plus loin, mais sa générosité à l'égard des élèves et l'exigence du travail qu'elle accomplissait avec eux m'avaient souvent impressionnée. Sous des abords parfois rugueux se cachaient beaucoup d'empathie et de justesse.

Je lui avais été reconnaissante d'annoncer cette intervention de l'association au collège. Je ne peux pas dire que je m'y sois rendue par hasard, mais je ne mesurais pas l'impact que cette réunion aurait sur moi. J'étais révoltée d'apprendre ce que nos garçons avaient osé faire. L'incompréhension me rendait malade, j'y suis allée pour eux, pour qu'on me donne des clés. Une autre porte s'est entrouverte.

Je me souviens que quelqu'un a salué la maturité de Fatima, le fait qu'elle ne soit pas tombée dans le déni. J'avais trouvé cette remarque absurde. Comment aurait-elle pu ignorer ce qu'elle venait de subir ? La voix de l'intervenante revenait à la charge : « Il arrive qu'on n'identifie pas immédiatement son bourreau. » Ils avaient évoqué ces cas compliqués où la violence ne dit pas son nom, prend des masques, se fait sournoise. Jusque tard dans mon insomnie j'avais remâché ces mots. « Certaines personnes savent charmer à merveille. Elles ont le don de répondre aux attentes, vous embarquent. On est *séduit*. »

Voilà trois mois qu'il avait quitté ma vie, et je m'en mordais souvent les doigts. Mais une chose m'empêchait d'y retourner. Pas ce qu'il m'avait fait une nuit de novembre, bien après Antibes. Cet « épisode » était alors enfoui dans ma mémoire. Ce que je ne lui pardonnais pas, c'était d'avoir menti tout ce temps, de m'avoir conduite à croire à une beauté qu'il avait défigurée, à un avenir qu'il avait détruit. Le futur n'aurait pas lieu. Mes attentes m'avaient-elles rendue à ce point aveugle ? Étais-je tellement obnubilée par mes désirs que je m'étais laissé abuser ? La colère que je déversais deux jours plus tard sur le tableau de la salle des profs, ce mot assassin à l'encontre de mes collègues dans lequel je fustigeais leur absence de réaction, leur attitude irresponsable, c'est à moi que je l'adressais.

Et au feutre indélébile, pour ne plus jamais me laisser prendre à mon propre piège. Il aura fallu un coup de plus pour que je désigne enfin le vrai coupable. Il aura fallu que je l'entende dans la voix de quelqu'un d'autre, cette phrase que je me servais à moi-même : « Elle l'a bien cherché. » Et c'était une enfant de quinze ans qui me la jetait au visage. Comme l'affirmation devenait odieuse dans cette bouche tordue de mépris ! Halimatou m'affrontait avec un aplomb tranquille, sûre d'elle comme le sont les ignorants, barricadés derrière des mirages de certitudes. La réalité venait de m'exploser en plein cœur. J'avais hurlé : « Qui l'a bien cherché ? » On m'avait écartée, sortie de ma classe comme si je représentais une menace. Décidément, il était difficile de regarder une victime en face, mon propre reflet m'était devenu insupportable.

Élise prenait de mes nouvelles, comme elle était venue en prendre le jour où j'avais écrit sur le tableau. Je me terrais alors dans ma salle, tétanisée à l'idée de faire face à mes collègues et aux réactions que j'avais dû provoquer. Elle avait frappé discrètement à la porte :

« Je te dérange ? » Elle attendait sur le seuil que je lui permette d'entrer.

« Je suis là si besoin. » Il n'y avait rien à ajouter, elle ne jouerait pas les confidentes intrusives. Elle offrait simplement l'assurance de sa présence. Son geste me toucha, mais je paniquai : quelqu'un d'autre, peut-être, avait compris.

7e étape – Saint-Chély – Espalion – 24,4 km

« Mais j'ai tout essayé, j'ai fait semblant de croire,
Et je reviens de loin, et mon soleil est noir »
Le Soleil noir, BARBARA

Saint-Chély, puis Saint-Côme. Pépites sur la route. Béatrice et Gérard dans un à côté bienveillant. Le chemin quittait les hauts plateaux de l'Aubrac pour s'enfoncer dans la vallée du Lot. Cinq cents mètres de dénivelé. Dans la mythologie comme dans les textes bibliques, elle est inévitable cette plongée, cette descente aux enfers. Il faut que le soleil s'éteigne, que l'obscurité gagne un temps pour qu'une autre lumière se fasse. J'avais décidé de partir marcher, je devais accepter que quelque chose se joue dans cet exercice d'endurance. Que le pas devienne passage. Il me fallait traverser les souvenirs. Atteindre le Styx.

Il avait fait tant de promesses. Son enthousiasme m'avait d'abord exaltée. De tous ces engagements pris à la légère, celui que j'avais vu s'éteindre avec le plus d'amertume fut son désir de me faire un enfant. Il en avait formé le vœu très tôt, presque comme une prière. J'en rêvais, mais il en avait déjà deux. C'était pour eux que je l'avais exhorté à la patience. Je ne les avais pas encore rencontrés. Les occasions n'étaient jamais assez bonnes, le contexte peu propice, il attendait le moment parfait. Je n'insistais pas, partagée entre l'envie d'accueillir tout ce qui venait de lui et une réserve à l'égard de ces petits êtres, symboles d'un amour qui avait précédé le nôtre. Je m'en voulais de cette défiance qui s'accentuait au fil des semaines, à mesure que les enfants devenaient le prétexte absolu à tous ses manquements. Il m'accusait d'avoir fait de lui un mauvais père. Il m'avait porté bien trop d'attention, délaissant les petits au profit de mes beaux yeux. « Mais ils n'ont rien demandé à personne, ils n'ont pas à payer pour mes bêtises. » Moi non plus, et pourtant j'écopais.

J'ai tenté de discuter, de menacer même. Je me figurais que les choses pouvaient encore changer. Et c'était pire, il n'écoutait plus et cette indifférence me renvoyait sans cesse à ma propre inconsistance. Je pensais souvent à un passage de *La Promesse de l'aube.* Comme Gary, j'avais longtemps cru au pouvoir de la baguette magique : « Je suis obligé de reconnaître que cette défaillance du miracle a laissé en moi une marque profonde. »

Peut-être avais-je été séduisante à ses yeux, mais c'était avant. Tout avait pâli. J'avais réclamé – on ne réclame pas –, je m'étais montrée faible – personne n'aime les victimes –, je n'étais plus qu'une cible. Mon corps seul, sans plus rien dedans, éveillait quelque chose chez lui. Il s'en emparait sans égards. J'espérais un électrochoc, c'était moi qui prenais les secousses. Après tout, puisque j'étais vide peut-être que son désir à lui me comblerait. Je suis une poupée. Je ne cherchais même pas à résister : une poupée gonflable crevée. À la fin, je me roulais en boule, silencieuse. Et pourtant je ne disais pas non. Que nous resterait-il si je ne le laissais plus faire ça ? C'était notre seul lien, l'unique moment où il m'accordait un peu d'attention. Ses mains se posaient sur moi, il me regardait, un peu. Je parvenais même à tirer de lui quelques soupirs de plaisir, au milieu de tous ces mots que je n'aimais pas. Ça ressemblait à un conte qu'on me lisait enfant. Une jeune fille possédait une voix magnifique. La mélodie de ses volutes cristallines la suivait partout où elle allait. Mais un jour une sorcière jalouse lui jeta un sort et chaque fois que ses jolies lèvres rouges s'entrouvraient il n'en sortait que des crapauds. Dans l'histoire, une bonne fée réparait sûrement l'injustice. Ici encore, défaillance du miracle : entre deux gémissements, entre deux coups de bassin, des crapauds toujours envahissaient le lit. Et je me taisais.

Jusqu'à cette nuit-là de novembre. Et ce fut la dernière.

Je ne peux pas m'expliquer pourquoi je lui ai parlé.

« C'est bizarre, ce n'est sûrement rien, mais j'ai quelques jours de retard. » Il se releva d'un bond sur le lit.

« Quoi ? Qu'est-ce que tu racontes là ? »

Effrayée par l'agressivité de sa réaction, je me ravisai, rassurante.

« C'est un simple retard, je n'ai oublié aucune pilule. Il n'y a pas de risque.

— T'as pas intérêt à m'avoir fait ça. »

Il se leva, rassembla mes habits posés sur le dossier d'une chaise et me les jeta.

« Tu te casses.

— À une heure du matin ?

— Tu te casses. »

J'étais chez moi. Mais à quoi bon lutter ? Je n'en pouvais plus. Il fallait que ça s'arrête. J'ai enfilé mon pantalon et j'ai piétiné mes derniers rêves :

« Tu n'as pas à t'inquiéter, même si j'étais enceinte, je ferais ce qu'il faut. »

J'ai fini de passer mon pull, ai bouclé ma ceinture. Il s'est approché de moi, instantanément doucereux. Sans doute était-il surpris de me voir quitter l'appartement sans le supplier.

« Tu sais, je serai là. Tu n'auras pas à faire ça toute seule, je t'accompagnerai. »

Ces mots me firent plus mal que tout ce que j'avais connu avant. Ils signaient la démission complète de notre amour. Cet homme convenait froidement, lui qui m'avait voulue maman, de l'écroulement de tout espoir. Il a passé sa main sur mon épaule, je me suis échappée. Il est revenu, je me suis défendue. J'ai refusé. En vain. Il m'a attrapée de force, m'a couchée sur le lit, me maintenant les deux bras le long du corps, m'immobilisant sous son poids. Je m'étais crue aimée pour mes pleins et mes courbes. Il ne me prenait que pour mes creux. J'ai pourtant dit clairement cette fois que je ne voulais pas. Je l'ai répété, à voix haute et distincte. Il a continué. Il s'est introduit en moi. J'ai arrêté de crier. À chaque à-coup, il forait le vide un peu plus loin. Bientôt il ferait noir partout.

J'ai passé le reste de la nuit allongée à côté de lui. J'ai abandonné mon corps au matelas, comme une enveloppe étrangère dont je ne voulais plus sentir la douleur. Je ne pouvais plus me mentir, plus fermer les yeux. Au matin, j'ai rassemblé mes dernières forces et je lui ai dit de partir. Même pas dans un sursaut de dignité, j'étais bien trop abîmée pour ça. Je n'espérais pas davantage une réaction de sa part. J'avais décidé de survivre et, pour ça, il fallait qu'il s'en aille.

Je suis restée calme. Assise au bar de la cuisine, j'ai demandé : « Prends tes affaires, maintenant, s'il te plaît. » Les murs tanguaient. Il était bien trop orgueilleux pour réclamer un sursis, il a obtempéré. Je m'accrochais à mon siège et à la photo de Belle-Île-en-Mer encadrée en face de moi. Tempête sur Port-Coton, en noir et blanc les aiguilles de roches disparaissaient dans des gerbes d'eau glacée. Au-dessus, une mouette. C'est pour le vol indifférent de l'oiseau que j'avais acheté ce tableau. Il surplombe, insolent. Tout ce qui se passe plus bas ne le touche pas. J'aurais voulu savoir narguer la tempête. J'entendais le bruit des portes de placard, je ne bougeais pas, j'essayais de respirer. Le monde s'effondrait. Il n'avait qu'une seule valise. Ses affaires étaient arrivées au compte-gouttes un an plus tôt. Une valise, ça ne suffirait pas. Il est entré dans la cuisine pour prendre sous l'évier des sacs cabas. J'ai chancelé, j'aurais voulu faire machine arrière. « Tu n'es pas obligé de tout prendre maintenant. » Il était catégorique. Il allait tout emporter. Il s'offrait sa revanche. Il allait pouvoir reprendre le dessus. J'ai refusé le bras de fer. Je suis descendue du tabouret et j'ai gagné la salle de bains. Si c'était ce qu'il voulait, alors j'allais l'aider. Je ne supporterais pas de tomber sur un parfum, un vêtement oublié, plus tard. Une moitié de l'armoire à glace était débarrassée, juste en dessous de ma panoplie de vernis. Au tour de la bibliothèque du salon, ses bandes dessinées, ses bouquins sur le jazz. Dans le dressing c'est allé vite. Les tee-shirts, puis les caleçons. Le vide un tiroir sur deux. Le placard édenté. Le même effet qu'une guitare à laquelle il manque une corde, ça ne sonnerait plus jamais comme avant. J'avais poussé mes petites culottes et mes pulls pour lui faire de la place. Il serait impossible de réoccuper l'espace, ce foutu espace devenu inhabitable, partout dans la maison que j'habitais. Je me suis réfugiée dans un coin pour ne pas voir nos souvenirs dégringoler dans des sacs de supermarché. « N'oublie pas ton manteau. N'oublie pas tes jeux de société. » J'ai même pensé au panier à linge, les deux mains dedans, à genoux, j'ai trié. Tout ce qu'il venait de salir et que je ne parviendrais plus à récupérer. Je savais qu'il le fallait, mais comment tenir debout sans son odeur ? Je n'y arrivais pas. Il a débarqué dans la pièce. J'étais dans le passage. Il m'a enjambée, a jeté ses dernières affaires dans un sac-poubelle, il n'y avait plus de cabas. Il a récupéré doucement sa chemise entre mes mains. J'aurais préféré ses sarcasmes habituels. Mais non, et c'était pire. Je perdais pied, je ne savais plus si ça méritait de lui demander de partir. Peut-être que j'en faisais trop, que je surréagissais. « Un ami sera là dans quelques minutes avec sa voiture. » Je me suis levée, l'ai aidé à tout rassembler dans l'entrée. En une demi-heure c'était plié.

8e étape – Espalion – Golinhac – 26,3 km

«Plus qu'une sueur panique à punir,
plus qu'un silence sourd à tue-tête
Peut-être hurler, surtout rien dire,
juste se taire jusqu'à perpète»
Viol au vent, Agnès BILH

«C'est terrible.» Béatrice encaissait. «Et quand aura lieu le procès?» Je n'en avais aucune idée. Je ne savais même pas ce qu'il était advenu des élèves depuis leur interpellation. C'était fou. Pour la première fois j'y pensais. Allions-nous seulement les revoir un jour? Je les avais suivis pendant presque quatre ans pour certains, et ils disparaissaient tout à coup. Sans que personne leur dise au revoir.

Mes compagnons continuaient leur route vers Cahors, c'étaient donc les dernières étapes que nous accomplissions ensemble. Nous nous quitterions le lendemain, à Conques. Notre proche séparation m'avait encouragée à parler.

«Je comprends que ça t'ait secouée… Quel monde de fous!»

Gérard marchait un peu devant.

« Mon Dieu, tu imagines ! La vie de cette gamine détruite en un instant, du jour au lendemain... »

Le long du chemin, à chaque carrefour, le balisage rouge et blanc indiquait la bonne direction. Pour plus de sécurité les mauvais itinéraires étaient marqués d'une croix qui prévenait des ornières où ne pas s'engager sous peine de se perdre.

Je pensais à ce que venait de dire Béatrice, à la brutalité inouïe avec laquelle l'existence de Fatima avait basculé dans l'horreur. Mon cœur se serrait pour elle. J'imaginais ces frises chronologiques affichées sur les murs des salles d'histoire-géographie. Un temps linéaire, tendu d'une flèche vers l'avenir, et puis, soudain, une croix quelque part sur la droite. C'est là que cela s'est produit. Avant on allait bien, après tout est détruit. Brisure. La suite est barrée, comme empêchée. C'est identifié, net et définitif, en deux coups de marqueur.

Je ne pouvais pas en dire autant. La voix de Dominique A chantait dans la voiture au Pilat « Si ma ligne de vie venait à se casser... », mais la réalité c'est que je ne pouvais signaler d'aucune marque, d'aucun trait précis que quelque chose m'était arrivé. Au mieux j'aurais colorié la frise, en dégradé. Le mot tombait juste.

« Et j'imagine bien que ce n'est pas une exception. Ça doit arriver souvent dans ces quartiers, non ? »

Béatrice vivait sur la Côte d'Azur. La banlieue, pour elle, c'étaient d'abord les tirs de kalach dans les quartiers nord de Marseille, plus loin, les tournantes de Seine-Saint-Denis et puis la jungle de Calais.

« Tu sais, des viols, il y en a partout et tout le temps. Dans les beaux arrondissements aussi. »

Je lui racontai les chiffres donnés par l'association, le peu de victimes qui osaient se signaler, les effets pervers de la peur, le silence qui pesait, quel que soit l'environnement. On ne se tait pas pour les mêmes raisons à Stains et dans le 16e, c'est certain, mais on se tait. La crainte des représailles, le jugement des proches, parfois leur incrédulité. Je commençai à parler des violences au sein des couples. Elle m'interrompit :

« Enfin, Emma, tu ne peux pas dire une chose pareille. Il y a deux poids, deux mesures ! On ne compare pas un "vrai" viol et un devoir conjugal mal compris. »

C'était donc ça. Le ton réprobateur de Béatrice ne souffrait pas la contradiction. Après tout, Fatima n'avait jamais donné de gré ce qu'on lui avait pris de force par la suite. Je n'avais rien à lui opposer, elle visait juste.

Gérard marchait toujours devant. L'écart s'était accusé depuis le début de notre conversation. Les femmes parlaient entre elles. Respect ou gêne, il avait allongé le pas. J'avais chéri la douceur de ces deux belles âmes qui m'avaient prise sous leur aile. Un peu plus à chaque étape j'avais estimé leur sollicitude. Le jugement formel de Béatrice me renvoyait violemment dans les cordes de ma culpabilité. Je m'enfermai dans un silence honteux.

L'expression tournait en boucle dans ma tête à m'en coller le vertige. « Deux poids, deux mesures. » Question de légitimité : comment avais-je osé mettre ainsi mon histoire dans la balance ?

9e étape – Golinhac – Conques – 21,2 km

«Ils fanfaronnent, ils parlent avec arrogance,
tous ceux qui commettent l'injustice se vantent»
Psaume 94 (93)

Une main levée, l'autre baissée, le Christ, au centre, trône en majesté. Des anges sonnent le cor, ils annoncent l'heure du Jugement dernier. Le tribunal siège. Tout le monde est là, le Souverain Juge, Satan l'Accusateur, le greffier saint Michel qui se livre à la pesée des âmes face à un démon goguenard qui tente de faire basculer les plateaux en sa faveur. Deux femmes incarnent les défenseurs, la Vierge Marie et sainte Foy, intercédant pour les damnés.

Je me suis assise sur le parvis de l'abbatiale de Conques, par terre sur les dalles humides, subjuguée par la beauté et la force du tympan. Un foisonnement de personnages et de scènes, au point qu'il semble impossible de tout repérer. L'œil s'affole, ne sait plus où se poser. À gauche de Jésus, sous l'inscription «Tartara», les âmes maudites étaient englouties au milieu de monstres, têtes hirsutes et crapauds, dans la gueule grande ouverte d'un dragon. Partout les serpents s'enroulaient autour des jambes des pêcheurs, des langues de calomniateurs étaient arrachées, une femme enceinte précipitée dans un chaudron ardent. Un chaos angoissant, un monde grouillant aux corps renversés et entremêlés. À droite, l'ordre et l'alignement. Les saints et les apôtres faisaient procession vers le Juge. Une voix derrière moi me fit sursauter.

« Vous avez repéré les curieux ?

— Pardon ? »

Un moine se tenait là, il pointait son doigt vers le haut du tympan.

« Regardez les quatorze petites têtes qui ornent l'arc supérieur. On les appelle les curieux. On dirait qu'ils guettent quelque chose, n'est-ce pas ? De leur main ils semblent soulever un rideau de théâtre. C'est exactement ça, ils lèvent le voile sur la scène qui va se dérouler devant nous. Ils sont impatients de connaître le verdict, eux aussi. »

Il prit le temps de me décrire les figures de ce tribunal halluciné, me révéla la symbolique des moindres détails, l'humour du sculpteur qui avait représenté les personnages de son temps, la minutie des ornements. Rien n'était laissé au hasard. La tunique du Christ était suffisamment échancrée pour laisser voir la blessure à son flanc. La lance, les clous et la croix rappelaient son martyre.

« Et cette femme, là-bas, tout au bout de la procession des saints, celle qui semble vouloir s'enfuir. Qui est-ce ? »

La petite silhouette courbée avait tout de suite attiré mon attention.

« Elle ne s'enfuit pas, c'est l'inverse ! Elle s'incline et se retourne, elle ne se croit pas digne d'être sauvée. »

L'œuvre date du XIIe siècle. Les pèlerins d'alors, ceux qui ne pouvaient déchiffrer les inscriptions latines, avaient immédiatement accès à cette page illustrée. Pourtant le moine me mit en garde contre une erreur d'interprétation possible.

« Tout semble figé, très manichéen. Les bons d'un côté, les méchants de l'autre. Il ne reste plus qu'à trancher. Mais c'est plus compliqué qu'il n'y paraît. Ici, Dieu ne juge pas les hommes, il juge les actes. La nuance est de taille. Vous voyez le mur entre le royaume des élus et celui des maudits ? Si vous y prêtez attention, il n'est pas hermétique. Une âme est volée, au dernier moment, au nez d'un démon furieux. »

Je remerciai mon guide pour la richesse de ses explications. Il m'invita à entrer dans l'abbatiale. « Vous devez encore découvrir les vitraux de Pierre Soulages. »

Je fus saisie par la clarté du lieu.

« C'est parce qu'il a choisi le blanc, la transparence, pas de couleurs, pas de filtre. Il disait qu'il fallait respecter la pierre et la lumière. »

Je demeurai assise dans la travée centrale un long moment. J'étais étrangère à la foi, et même un peu hostile à cette culture religieuse qui me repoussait souvent par son manque de nuances et l'austérité dogmatique des comportements qu'elle engendrait. Mais cet édifice était une splendeur.

J'avais dit au revoir à Béatrice et à Gérard la veille, au coucher. D'une bise chaleureuse ils avaient esquivé tout discours de gratitude, puis m'avaient souhaité bonne nuit et surtout bonne route. Ma navette partait en début d'après-midi de Conques. Le bus me conduirait à la gare du Puy-en-Velay. Je serais à Paris dans la soirée. J'avais prévenu notre hôte que je filerais avant le petit déjeuner pour ne pas compromettre mon retour. J'avais marché vite, sans me douter que l'effort des dernières rudes montées dans le village allait trouver une telle récompense. Au-delà du choc esthétique et de la fascination qu'avait provoqués sur moi ce tympan, un voile s'était effectivement levé.

Deux poids, deux mesures. L'essentiel se jouait ailleurs. Il ne m'appartenait pas, à moi, de juger les responsables ou les victimes. Mais j'avais compris une chose : un acte est un acte. Et on avait le droit de lui donner un nom.

III

SAUVE

« Votre nom ?

— Emma Servin.

— Adresse ?

— 15, rue de Campo-Formio dans le 13e.

— Votre date de naissance ?

— 17 avril 1982.

— Veuillez patienter, on viendra vous chercher. »

À l'accueil, on lui a indiqué qu'il fallait prendre les escaliers à droite pour les dépôts de plainte ou les mains courantes. « C'est pareil, lui a-t-on dit, même étage. » Mais ce n'est pas pareil. Si Emma porte plainte elle engage des poursuites. Elle ne prendra pas le risque d'une confrontation. Elle veut en finir, classer l'affaire. Tout ce qu'elle souhaite c'est qu'une trace de ce qu'elle a vécu soit conservée dans un dossier officiel que personne n'ira consulter. Emma est venue faire une « déposition » – le terme est plein d'espoir. Livrer le fardeau ailleurs, auprès de visages indifférents et d'agents procéduriers qui traduiront son récit dans un langage juridique rassurant de précision et de froideur. Elle va devoir sortir sa carte d'identité tachée, se mettre à nu une dernière fois.

Des dépliants sont étalés devant elle. « La victime peut aussi demander au juge la réparation du préjudice que l'infraction lui a causé. » Le glossaire précise « infraction : violation d'une loi ».

Emma sent son cœur galoper. Elle garde les genoux et les dents serrés. Si elle parle, le monde va s'écrouler, c'est sûr. Elle n'a encore jamais prononcé la vérité à voix haute.

Un agent s'approche d'elle, c'est une femme. Peut-être que ce sera plus facile. Mais Emma se trompe. Les femmes sont parfois rudes entre elles. La législation a évolué ces dernières années, elle s'est attelée à décrasser le Code pénal de ses vieilleries conservatrices. Le « devoir conjugal » n'a plus voix au chapitre civique et la présomption de consentement a disparu en 2010. Dans les textes, pas dans toutes les têtes.

La policière l'emmène dans un bureau exigu, mais elle laisse la porte ouverte. Une table, trois chaises et des étagères entières d'archives, jusqu'au plafond. Elle a de très beaux cheveux châtains, épais. Elle remplit mécaniquement la fiche de renseignements sans jamais lever les yeux de son écran d'ordinateur. L'interrogatoire commence. Emma explique qu'elle souhaiterait s'en tenir à la main courante.

« De quels faits vous plaignez-vous ? »

Elle ne se plaint pas, elle a tout gardé pour elle. Elle hésite, les mots butent :

« De violence de la part de mon ancien compagnon.

— Vous êtes séparés ? Depuis combien de temps ?

— Quelques mois.

— Très bien. »

Le délai est de six ans.

« S'agit-il d'un acte isolé ou répété ? »

Emma se paralyse. Elle ne sait pas quoi répondre. Encore cette histoire de frise chronologique. À quand remonte la première infraction, quand s'immisce la première brisure ?

Est-ce que les insultes aussi, ça compte ? Est-ce qu'on peut cocher une case sur l'émiettement de l'être, le délitement du quotidien ?

La policière continue :

« De quel type de violence parlez-vous ? »

Le ton se charge de suspicion lorsqu'elle déroule le menu des options possibles.

« Psychologique, physique, sexuelle. C'est quoi l'histoire ? Il vous battait ou il abusait de vous ? »

C'est le moment que choisit un collègue pour lui apporter un gobelet de café. Sans transition elle se lève à demi sur son siège, un grand sourire aux lèvres, et le remercie. S'ensuivent quelques considérations sur une affaire en cours.

Emma attend. Elle attend de ne plus être transparente, qu'on lui accorde d'exister. Mais la conversation se poursuit.

Emma finit par déclarer d'une voix monocorde, les yeux fixés droit devant elle :

« La dernière fois j'ai clairement dit non. Mais ça durait depuis un moment. »

Le coéquipier prend soudain conscience de son impolitesse. Il la prie de bien vouloir l'excuser et s'éclipse.

La femme se rassoit, passe une main dans ses cheveux et reprend l'entretien de meilleure grâce. Emma se demande si elle doit attribuer ce changement d'attitude à la visite reçue ou au poids des mots qu'elle vient de prononcer. La policière écarte le clavier et tourne son siège vers Emma. Elle lui explique qu'elles vont poursuivre la discussion et qu'elle reprendra le procès-verbal dans un second temps. Au moins, Emma a gagné contre l'écran d'ordinateur. Cette fois, on la regarde.

Ce genre d'aveu déclenche une série de questions. Il faut évaluer le degré de gravité des faits et leur fréquence. C'est un vrai supplice, d'autant qu'elle ne parvient qu'à donner des informations évasives. La policière se montre plus douce, plus attentive. Il lui faut creuser dans les détails les plus intimes. « Ne craignez rien, je ne suis pas là pour juger. J'ai l'habitude. » Emma n'est pas certaine que ça la rassure. « Est-ce qu'il vous tenait les mains ? Est-ce qu'il vous bâillonnait ? » Emma est soulagée de pouvoir enfin répondre par « oui » ou par « non ». Les mécanismes qui l'avaient contrainte au silence avaient été plus insidieux. Mais tout se brouille lorsque la policière aborde la notion de consentement : « Lui aviez-vous fait comprendre d'une manière ou d'une autre, les fois précédentes, que vous n'étiez pas d'accord ? »

Emma se sent prise en faute. À de multiples reprises elle a bradé son corps comme un dernier recours, sans s'opposer. Elle le faisait pour de mauvaises raisons, mais rien qui puisse être pris en compte par la procédure, pense-t-elle.

« Vous vous trompez, madame. Ça s'appelle du harcèlement moral. »

Emma sombre dans le doute. Elle avait choisi de partager son toit et son lit avec cet homme, ça n'a donc rien à voir avec ces femmes qui se font agresser par des inconnus. Elle ne laisse pas le temps à son interlocutrice de répliquer. Elle raconte, encore une fois, le collège, cette jeune fille, la déferlante d'horreur. Fatima n'y était pour rien. Et ceux qui lui avaient fait ça, s'étaient-ils seulement rendu compte de ce qu'ils faisaient ? Elle n'en est pas certaine. Bien sûr, ce n'est pas une raison pour les excuser, sauf que, eux, c'étaient des enfants.

La policière a compris :

« On pense toujours qu'un violeur est un étranger, jamais quelqu'un qui vit avec nous entre quatre murs. »

Le mot est lâché. Violeur. Emma lui demande s'il figurera dans son rapport.

« Non. En revanche, vous devriez porter plainte.

— Je ne peux pas.

— Les mains courantes ne sont que des actes préventifs. Ce n'est pas votre cas. Prenez le temps de réfléchir.

— Je veux que ça s'arrête là. En sortant de ce commissariat.

— Compte tenu de la gravité des faits rapportés, je suis obligée de transmettre votre déposition au procureur. C'est lui qui décidera d'ouvrir une enquête ou non. »

Emma panique.

« Vous savez, dans les cas de viols conjugaux, à peine dix pour cent des plaintes sont retenues, les autres sont classées sans suite. C'est très compliqué de prouver les faits. Comme vous, la plupart des victimes ne viennent nous voir qu'une fois séparées. »

Emma pense à Fatima. À quinze ans elle a subi les interrogatoires, les consultations, les prélèvements. On lui a demandé de raconter, de répéter plusieurs fois, dans les détails les plus crus, ce qu'on lui avait fait. La police devait s'assurer de la cohérence de son récit et de la concordance des témoignages. À quinze ans, une presque enfant avait trouvé le courage, avec sa mère, de se tenir debout face à ses bourreaux, de les montrer du doigt. Elle avait déchiré le silence.

« Vous ne m'avez toujours pas donné le nom de votre ex-conjoint, madame. »

Emma tremble, elle retient sa respiration. Elle se rappelle : elle est venue « déposer ».

Il lui faudra épeler chaque lettre. Comme avec les élèves, apprendre à terminer les phrases et à mettre des points. C'est fini les crapauds qui envahissent ses draps ou sa vie. Tant pis si le monde s'écroule quand elle ouvrira la bouche.

Ce nom, elle le jette comme on conjure un mauvais sort.

Table

PAPIER À BASE DE
FIBRES CERTIFIÉES

Le Livre de Poche s'engage pour
l'environnement en réduisant
l'empreinte carbone de ses livres.
Celle de cet exemplaire est de :
150 g éq. CO_2
Rendez-vous sur
www.livredepoche-durable.fr

Composition réalisée par Belle Page

Achevé d'imprimer en France par
CPI BRODARD & TAUPIN (72200 La Flèche)
en août 2021
N° d'impression : 3044449
Dépôt légal 1re publication : septembre 2021
LIBRAIRIE GÉNÉRALE FRANÇAISE
21, rue du Montparnasse – 75298 Paris Cedex 06

59/1767/5